阳光文库

侯凤章———著

唐朝人的趣味生活

黄河出版传媒集团
阳光出版社

图书在版编目（CIP）数据

唐朝人的趣味生活 / 侯凤章著. -- 银川：阳光出版社, 2024. 7. --（阳光文库）. -- ISBN 978-7-5525-7436-4

Ⅰ. I267.1

中国国家版本馆CIP数据核字第2024N9S173号

阳光文库　唐朝人的趣味生活　　　　　　　侯凤章 著

责任编辑　李少敏　申　佳
封面设计　晨　皓
责任印制　岳建宁

黄河出版传媒集团
阳　光　出　版　社　出版发行

出 版 人　薛文斌
地　　址　宁夏银川市北京东路139号出版大厦（750001）
网　　址　http://www.ygchbs.com
网上书店　http://shop129132959.taobao.com
电子信箱　yangguangchubanshe@163.com
邮购电话　0951-5047283
经　　销　全国新华书店
印刷装订　三河市嵩川印刷有限公司
印刷委托书号　（宁）0030740

开　　本　710 mm×1000 mm　1/16
印　　张　10.5
字　　数　150千字
版　　次　2024年7月第1版
印　　次　2024年7月第1次印刷
书　　号　ISBN 978-7-5525-7436-4
定　　价　46.00元

目录
CONTENTS

帝王的生活细节

仰望晴空，思接千载，在这晴空下的苍茫大地上，到底有多少过客曾流连忘返？

仔细想来，任何朝代都有三类人在这晴空下的舞台上忙忙碌碌地过完了一生。这三类人就是帝王、将相和百姓。正史连篇累牍、大书特书地记录了帝王和将相的生活，而百姓生活却全都掩藏在茫茫的云雾之后。

读史可以发现，帝王再高大，也同样只是这晴空下一个个匆匆过客。他们和其他人一样，也有七情六欲，也要吃喝拉撒，只不过他们大权在握就高高在上，这根权力的魔杖一旦从他们的手中消失，他们也就如同泄了气的皮球般蹦跶不起来了。

李世民为唐高祖李渊次子，为唐朝的建立与统一立下赫赫战功。为了至高无上的权力，李世民发动玄武门之变，诛杀太子李建成和齐王李元吉。李世民即皇帝位，是为太宗。李世民一上台，李渊就乖乖地从发号施令的太极殿搬到了大和宫。大和宫本来是他为儿子李世民修建的，现在他把权力的魔杖交到了儿子手上，儿子的宫殿便成了老子的住所。

唐玄宗李隆基当了四十四年皇帝，享尽荣华富贵，结果在渔阳鼙鼓声中突然黯淡下来。他逃到蜀地，权力的魔杖不得不转交到儿子肃宗李亨手上，回来后玄宗就老老实实地住进了南宫，无所事事，只能悲伤地吟诵《傀儡诗》："刻木牵丝作老翁，鸡皮鹤发与真同。须臾弄罢寂无事，还似人生一梦中。"他体会到了失落与失意的切肤之痛。

但是不管谁当皇帝，皇帝都是人，不是神。神秘的是檐牙高啄，廊腰缦回，复道行空，朝歌夜弦。富丽堂皇的宫殿，皇帝们身处其中，隔绝在阳光和月色之外，王公大臣们包围着他们，你争我吵，纷争不断。当皇帝们从神秘的宫殿中走出，在太阳或月光下，同样会打哈欠、撒尿、穿衣、吃饭。他们终究是人，不是神。

李世民是位英明的皇帝。他当上皇帝后，深感自己学问不足，曾对房玄龄说："为人大须学问。朕向为群凶未定，东西征讨，躬亲戎事，不暇读书。"他赞成"不学墙面，莅事惟烦"，就是说不学习，一无所知，处理事情时只有烦恼。所以他读书甚为勤奋，同时特别推崇有学问的人，在他笼络的众多博学大师中，他特别推崇虞世南。有一次他要出行，一个官员请示将书籍、公文的副本装到车上带着，他说："虞世南是此行的秘书，有他在，就不用再带书了。"他曾对侍臣说："朕闲暇时与世南商讨古今政事，有一个字的差错，他就惆怅懊恼不已。群臣都像世南这样，天下何愁不能治理？"他喜欢虞世南的字，就虚心地向虞世南请教。一天，李世民正在临帖写"戬"字，刚把"晋"写完，虞世南就进来了，提笔在"晋"

旁写了"戈"。李世民将两人合写的"戬"字拿给魏徵看，问道："朕学世南，尚近似否？"魏徵看后说："'戈'字颇逼真。"这个故事以魏徵的这句话戛然而止，李世民应该继续老老实实地提笔临帖去了。在得知虞世南去世后，李世民哭着说："在宫里藏书和著书之处的人，再也没有谁能比得上虞世南了！"

唐朝还有一个皇帝，唐穆宗，他也爱好书法，但他荒淫，刑政乖僻，又懒得学习。他曾问柳公权怎样运笔才能把字写好，柳公权回答说："运笔的方法，全在于用心，心正则笔法自然尽善尽美。"穆宗听了并没有发火，他明白这是柳公权借用笔法来劝谏。可荒淫的皇帝依然荒淫，任何人的劝谏都改变不了。

李世民也会生气，也曾骂过人，他骂的人就是赫赫有名的宰相魏徵，可是他不敢当面骂，而是下朝在皇后面前骂。皇帝毕竟是皇帝，他骂魏徵骂得狠，可用词还算文雅，说"会杀此田舍汉"。"田舍汉"就是现在所说的乡巴佬。李世民骂魏徵是乡巴佬，恨不得杀了他。文德皇后一听着急了，就问道："谁惹陛下生气了？"李世民说："就那个乡巴佬魏徵，每次朝会上他都直言进谏，常常弄得我一肚子气。"皇后听了赶快退下去，穿上朝服毕恭毕敬地站在庭院里。李世民震惊地问："皇后为什么要这样做？"皇后回答说："我听说君主圣明，臣子们就忠诚，魏徵能够直言劝告，这说明陛下圣明，我怎么能不向您祝贺呢？"

唐太宗确实害怕魏徵。一天，唐太宗赏玩鹞子，赏玩得正高兴，魏徵进来了，太宗怕魏徵提意见，回避不及，赶紧把鹞子藏到怀里。这一切早被魏徵看到，他禀报公事时故意喋喋不休，拖延时间。太宗不敢拿出鹞子，结果鹞子被憋死在他的怀里。魏徵采用如此办法劝阻唐太宗，威不在言而在心，唐太宗也真是明君，既没恨又没怨，而是有所收敛。

唐太宗也爱听好话。一天，唐太宗跟宇文士及一起在御花园游玩，看见一棵参天大树，就说："此嘉树。"宇文士及跟着就夸夸其谈地说这棵树怎么怎么好，还引经据典地夸。唐太宗立马冷着脸呵斥宇文士及："魏徵常劝朕远离佞人，朕不知道佞人是谁，但常怀疑这个佞人会不会是你，今天果然证明就是你。"宇文士及一听吓着了，连忙叩头谢罪说："陛下您天天上朝，那些琐事就已经够让您头疼了，现在好不容易能够休息休息，我如果不顺着您的心意说几句开心的话，不是把陛下的身心累坏了吗？那对天下可是一大损失啊。"李世民听完这句阿谀奉承的话怒气顿消。

民间有一句俗语："顺情说好话，溜沟子不挨骂。"看来李世民也爱听顺情话。

皇帝也有怕老婆的，这个皇帝就是唐高宗李治，他的老婆就是武则天。唐高宗把大唐李姓的天下弄丢了。这是历史大事件，我们姑且不说，就说一件小事吧。当武则天的野心已经膨胀到司马昭之心路人皆知的时候，唐高宗才着急了，于是找来上官仪商量。上官仪早就想把武则天干掉，两人一拍即合。上官仪开始写废后诏书。武则天很快就得到了消息，跑来又哭又闹地质问唐高宗："为什么要废掉我？谁给你出的主意？"李治竟然说："是上官仪说的。"可怜的上官仪就这样被唐高宗出卖了。

但这个怕老婆的皇帝在治自己的头疼病时，却在老婆面前刚硬了一次。唐高宗突然得了头疼眩晕症，找来侍医秦鸣鹤，秦鸣鹤在帐前给皇帝治病，武则天在幕后观察。她早就盼着唐高宗死掉，自己好君临天下。当听到秦鸣鹤要用针刺高宗的头放血时，武则天在幕后破口大骂："皇帝的头岂容小人在上面乱动？快来人把他推下去斩首。"秦鸣鹤害怕了。唐高宗却说："医者讨论治病，按理不该有罪。况且朕头重头闷，几乎不能忍受，出点血未必不好。朕意已决。"唐高宗总算在治病的事上对老婆说了一句硬气话。秦鸣鹤为高宗刺头放血后，高宗说："好，我的眼睛明亮了。"

皇帝也有糊涂的时候，比如唐玄宗。他是位精明的皇帝，但在面对爱妃杨玉环与安禄山那一摊说不清道不明的事时犯了糊涂。天宝十载（751）正月甲辰日，据说这一天是安禄山的生日，玄宗和杨贵妃赐给安禄山衣服、宝器、酒馔甚厚。后三日，杨贵妃召安禄山入禁中，以锦绣为襁褓裹着安禄山，为他办洗儿礼。宫内笑声一片，玄宗听见后，亲自去看，笑了笑，一点也不吃醋地转身走开了，还赐给贵妃洗儿金银钱。安禄山的胆子大了，他出入宫掖没人禁止，通宵不出，丑闻传遍天下，唐玄宗竟然没起一点疑心。史家称玄宗如此昏庸，"殆天夺之魄也"。

唐玄宗还有一件引人发笑的事，他要提拔某人当宰相，却把此人的名字给忘了。事情发生在开元八年（720），宰相宋璟被罢免后，谁来当宰相呢？唐玄宗想起一个人，这个人给他留下非常好的印象。有人诬告此人在任河东节度使时贪污，唐玄宗就派御史大夫彻查此案。经查实，纯属诬告，按唐律，诬告之人要负反坐之罪。唐玄宗主张按律处罚诬告之人，却被这个人拦住了，他说："如果处置了此人，就会阻塞言路，以后就不会有人进言。"唐玄宗因此十分佩服这个人的心胸，认为宰相肚里能撑船。此时他想提拔这个人来当宰相，却死活想不起这个人的名字，情急之中就对负责拟旨的中书侍郎韦抗说："继任丞相，朕属意的人选是一名北方节度使，姓张，名字是两个字。你想一下有谁符合这个条件。"韦抗说："莫不是张齐丘，他是朔方节度使。"唐玄宗觉得可能是，就让韦抗拟旨。半夜唐玄宗翻奏折，翻到张嘉贞的奏章时才想起来，这个人才是他要提拔当宰相的人。第二天玄宗让韦抗修改了圣旨。

玄宗的一时糊涂，差点让张齐丘占了便宜。

唐朝有一位皇帝很让人佩服，他就是唐宣宗李忱。他接的是唐武宗的班。唐武宗是唐穆宗的第五子，唐宣宗是唐穆宗的弟弟，唐宣宗就是唐武宗的叔父。他不仅是武宗的叔父，而且是武宗之前两任皇帝——敬宗、文宗的叔父。唐宣宗作为皇叔，经三任侄子才登上皇位，其中该有多么复杂、曲折啊，但唐宣宗以自己的精明强悍赢得了最终的胜利。

唐宣宗在当皇帝之前一直韬光养晦，有多种版本的传说。这些传说大都被胡三省引入他所注的《资治通鉴》中。

韦昭度在《续皇王宝运录》中记载，文宗崩，武宗即位，害怕李有野心，就命令中常侍三个人去抓他，抓住关了几天后，又把他沉入宫厕。宦官仇公武怜悯他，就对武宗说："前者王子，不宜久于宫厕。诛之。"武宗同意了。仇公武把他从宫厕中带出来，把粪土、杂物覆盖在他的身上，用车从小路把他拉回家密养起来。三年后登上皇位。

《资治通鉴》避开了这些传说，记载宣宗幼时"宫中皆以为不慧，太和以后，益自韬匿，群居游处，未尝发言"。可见他是在装聋卖傻，保住生命，静观其变，伺机而动，其精明强悍可见一斑。

唐宣宗开创了唐朝晚期的"大中之治"，被史家称为"小太宗"。他确实特别会当皇帝。司马光在《资治通鉴》中说，宣宗"聪察强记，宫中厮役给洒扫者，皆能识其姓名、才性所任，呼召使令，无差误者"，可见宣宗细心务实到了何等程度。为了准确判定各州县的事，宣宗密令翰林学士韦澳为他编写诸州境内风土人情及相关利害之书，名为《处分语》。编书之事没有让其他人知道。一天邓州刺史薛弘宗入谢，从皇宫出来后对韦澳说："上处分本州事惊人。"韦澳一问，发现宣宗处理邓州事时所说的话全出自《处分语》，可见宣宗的心计有多深。

宣宗的舅舅郑光，历任平卢、河中节度使。宣宗与他谈政治，他总是说不了几句有见地的话。宣宗判断他舅舅是个庸才，就把他留在京城，任命为右羽林统军。这是个实惠不大的官职。宣宗的母亲郑太后多次对宣宗说："你舅舅家穷。"意思是让宣宗给安排一个能获得更多实惠的官位。但宣宗就是不安排，说家贫可以多给点金银财物，但让他当民官可不行。

但精明终被精明误。唐宣宗为了将皇权牢牢地掌握在自己手中，死活不立太子，说："若建太子，则朕遂为闲人。"最后他不听劝阻，执意服食医官李玄伯、道士虞紫芝、山人王乐给他配的长生不老药，导致疽发于背，病入膏肓而死。宦官为立新皇而争，郓王李温胜出，登上皇位，是为唐懿宗。懿宗游宴无度，沉湎酒色，导致朝政腐败，唐宣宗辛苦开创的"大中之治"付之东流，唐朝重新陷入风雨飘摇的境地。

历史告诉我们，皇帝高大，因拥有权力而高大；皇帝渺小，渺小时还不如一介草民。

帝王的博大胸怀

　　唐太宗手下有位大将，名叫薛万彻。玄武门之变时，薛万彻为太子李建成的幕府，率东宫兵马力战，甚至反扑秦王府杀向李世民，李世民派人亮出太子的首级，薛万彻才放下武器，带领数十骑逃入终南山。后来唐太宗赏识其武勇，屡次遣使诏谕，薛万彻才复出。唐太宗拜他为将，并把自己的妹妹丹阳公主嫁给他。有人对太宗说："薛驸马像村夫，没有才气。"丹阳公主听到后感到羞愧，几个月不与薛万彻同席。怎样消除妹妹与薛万彻之间的隔阂呢？太宗置办酒席，宴请各位妹婿。席间，太宗只与薛万彻说笑，夸赞他的优点，又以各自的佩刀为赌注博戏，太宗佯装不能取胜，解下佩刀亲自给薛万彻戴上。这可让薛万彻在众人面前风光了一把。酒席一散，未等薛万彻上马，丹阳公主就急忙招呼薛万彻一起乘车回府，两人重归于好，胜过从前。

　　唐太宗笼络人心，使用的不过是最平常的小计，但其胸怀博大。

　　唐太宗手中的权力，完全可以轻松地处置任何一个人。但作为一个君王，唐太宗有自己的胸怀。魏徵每次给唐太宗提意见都是既尖锐又严肃。唐太宗就想，能有什么办法软化这块刚硬的石头呢？下朝后，唐太宗问一个侍臣："魏徵到底喜欢什么东西？什么东西才能让他真正动心、动情呢？"侍臣说："魏徵特别爱吃醋芹。他吃醋芹时总是满面笑容，拍手称快。"太宗就召魏徵进宫，和他一起进餐。席间，太宗特赐魏徵醋芹三盘。魏徵非常高兴，饭还没吃完，三盘醋芹已经吃得精光，而且吃得眉飞色舞。气氛活跃起来，太宗便笑着对魏徵说："爱卿平日总是说自己并无所好，朕看不然。今天，朕终于看到卿之所好为何物了！"魏徵急忙拜谢道："皇上乃万乘之尊，天下皆皇上所有，臣的职责是谏议朝政，为皇上、为天下百姓做事，难免有冒犯之嫌。醋芹是收敛之物，多吃有助于臣的言谈举止，所以臣特别爱吃醋芹。"

魏徵爱吃醋芹，未必是为了控制他的言谈举止，他就是爱吃这玩意儿。唐太宗要制服魏徵，也未必没有更强硬的手段，但为了政治目的，他还是采取了更人性化的策略，用胸怀感化魏徵。

唐太宗给房玄龄老婆喝醋的事也很笑人。房玄龄是唐太宗手下的贤相，唐太宗听说房玄龄怕老婆不敢娶妾，就专门赐给房玄龄一个美女，房玄龄不敢要。太宗先让皇后出面找房夫人谈心，但没谈拢，便亲自出马，对房夫人说："你是想活，还是想死？想活，就让房玄龄娶妾；否则，就死。"房夫人说："我宁愿死。"太宗就让人端出来一杯醋，说："喝了这杯毒酒吧。"房夫人接过醋，一饮而尽，无所畏惧。太宗无可奈何地说："这样的女人我都怕，何况房玄龄？"

唐太宗为什么不用真正的毒酒逼迫房夫人就范呢？因为淫威毕竟是一种野蛮的举措，生命不能被随意荼毒。

唐高宗手下也有一位怕老婆的官员，叫杨弘武，担任司戎少常伯。杨弘武提拔了一个官员，高宗追问任用此人的理由，杨弘武回答："我老婆性格刚烈，昨天跟我说让我提拔这个人，我如果不这样做，回到家里就会有麻烦。"杨弘武说得很坦率，高宗一听，还是喜欢这样坦率的人，就笑了笑，再没追究。

唐高宗对杨弘武网开一面，是一种大胸怀，让人感到一丝暖意。

郭子仪是唐朝的功臣，他有个儿子叫郭暧，郭暧娶的媳妇是唐代宗的女儿升平公主。小两口经常闹矛盾，有一次郭暧又与升平公主发生了口角，郭暧对升平公主说："你不就是倚仗你父亲是天子吗？我父亲是不屑于做天子！"公主一气之下乘车飞奔入宫奏报此事。代宗说："确实如此，假使他们想做天子，天下还能是我们家的吗？"代宗安慰劝说一番，让公主回去了。郭子仪听说此事后，将郭暧关起来，自己入朝求代宗责罚。代宗对郭子仪说："有一句俗语，'不痴不聋，不做家翁'。儿女闺房中的话，哪值得去听呢？"郭子仪回家，打了郭暧数十大棍。

郭暧说"我父亲是不屑于做天子"，这句话的潜在意思是，如果我父亲想做皇帝，那还不是很容易的事吗？或者，我父亲如果想做皇帝，早就把你父亲推翻了。这可真是一句能引来杀头大祸的话呀。郭子仪听到儿子这句话也是真被吓着了，他赶忙到代宗面前请罪，代宗引用一句民谚，就把君臣间隐伏的裂痕轻而易举转化为家庭小事化解了。他实在是一位又风趣又会处理事情的皇帝啊。

就是这位皇帝在大历十三年（778）下诏，拆除白渠支流上的水磨，以方便百姓种地灌溉。升平公主与郭子仪各有水磨两架，升平公主就向代宗求情，想把自己家的水磨保留下来。代宗却说："朕颁布此诏令，是为了造福百姓，你应率先拆除。"于是升平公主率先拆除了自家的水磨，豪门势族看到后也赶快拆除了自家的水磨。据说白渠支流上的八十多架水磨很快都被拆除了。代宗的胸怀中还真有点亲民意识。

唐宣宗特别关注子女的行为，他要求女儿在婆家必须遵从相关的礼仪。他的女儿万寿公主嫁给了起居郎郑颢。一天，郑颢的弟弟郑觊突然生病，宣宗就让宫里的大臣前去看望。大臣看望后回到皇宫里，宣宗问："我的女儿有没有在家呀？"大臣说："没在，公主好像到慈恩寺听戏去了。"宣宗当即大发雷霆："怪不得没人敢娶我的女儿！"

宣宗认为，作为嫂子，自己的小叔子病了，理应及时探望、照顾。可是公主竟然跑去看戏，这就不成体统，就是无情无义。如此没有体统的公主，王公大臣敢娶回家吗？

皇帝权力再大，人情礼仪也不能丢，但能守住人情礼仪底线的皇帝确实不多。

皇帝的大情怀体现在笼络人心上。唐高祖夺取天下，废除了隋炀帝的严刑峻法，与民约法十二章，征收赋税尽量宽简，得到百姓拥护。农民起义军归降唐高祖后均"论功行赏"，不讲究出身，只要有功即可得赏，因此下层兵士英勇作战。

唐高祖既善于笼络人心，又特别虚心纳谏。苏世长是隋朝的长安令，武德四年（621），唐高祖平定王世充，苏世长就带着王世充的侄子王弘烈前来归顺。唐高祖责备他归顺迟了。苏世长叩首说："自古以来帝王登基，用擒鹿比喻，就是一个人得到了，其他人便收手了。哪有捕获鹿以后，还愤恨其他同猎的人，追究他们争夺鹿的罪责呢？"高祖和他旧有交情，便没计较他归顺来迟，后来还让他担任了行台仆射。

唐高祖多次听取苏世长的劝谏。苏世长曾与唐高祖在高陵围猎，收获很多。唐高祖问众大臣："今天围猎快乐吗？"苏世长回答说："今天围猎，不过收获一百来只，不算十分快乐！"唐高祖吃惊得脸色都变了，但还是笑着问："你发癫了吗？"苏世长回答说："如果仅从我的角度来考虑，确实是发狂了。但如果从您的角度来考虑，则是一片忠心呀！"这真是一次入脑入心的劝谏，唐高祖当然会报以笑脸。

唐太宗李世民更会笼络人心。他信任房玄龄，房玄龄又给他推荐了杜如晦。于是唐太宗大胆任用他们，让杜如晦担任右仆射，房玄龄担任左仆射，并对他们说："你们身为仆射，应该为我广开耳目，求访贤者。"当他看到中举士子鱼贯而入时，高兴地说："天下英雄，入吾彀中矣。"

李百药是个有才能的人，他七岁就会写文章，隋炀帝曾征召他，他托病不出。有人曾在唐高宗面前诋毁他，说他反唐，唐高宗大怒。唐太宗看重李百药的才名，贞观元年（627），任命他为中书舍人，封安平县男，第二年授任礼部侍郎。

李勣是唐太宗手下的能臣，唐太宗十分喜欢他。一次李勣得了重病，唐太宗非常着急，到处寻方救李勣。后来唐太宗打听到一种偏方，是将胡子烧成灰喝下去，太宗二话不说，剪掉胡须烧成灰兑上水端给李勣。"身体发肤，受之父母"，不应该有一点损伤，但唐太宗为了救治他的爱将，置传统于不顾。关爱将领，其情可叹。

唐玄宗也爱才，但心眼太小。一次，玄宗让孟浩然吟一首诗，孟浩然随口吟道：

> 北阙休上书，南山归敝庐。
>
> 不才明主弃，多病故人疏。
>
> 白发催年老，青阳逼岁除。
>
> 永怀愁不寐，松月夜窗虚。

这首诗名为《岁暮归南山》。意思是我不需要再北上京城当官上书了，还是回南方老家隐居田园吧。我没有什么才华，被君主抛弃，我的身体也不好，和许多老朋友都疏远了。这明显是有情绪的话。唐玄宗听了勃然大怒，说："朕不曾放弃你，是你自己不求上进，怎么反而作此诗？"皇帝不高兴，孟浩然还能当上官吗？

玄宗有爱才的情怀，却没有爱才的宽广胸怀。

唐宣宗既重用有才德的人，又重视百姓对有才德人的评价。一天，宣宗带领官员在渭水边打猎，看见数十位老乡聚集在佛堂里，他上前问道："你们都是哪里人？"这些人说："我们都是礼泉县的百姓。县令李君奭有异政，他的任职期满，就要离开礼泉县了，我们不想让他走，就来到佛堂里祷告祈求。"宣宗从此便把李君奭记在心里，回朝后又把李君奭的名字写在墙上。中书省曾两次提出要调换礼泉县县令，宣宗遵从百姓的意愿都没答应。一年后，宰相报告怀州刺史出缺，宣宗即刻御批："礼泉县县令李君奭调任怀州刺史。"宰相不解。李君奭入谢，宣宗才讲明调任他当怀州刺史的原因。

唐武宗虽说不是特别爱读书，但也非常尊重读书人。宰相王起曾担任武宗的老师，武宗深知这位老师有才识，有学问，就让他担任礼部主考官。一天，武宗把王起召到皇宫，说："朕最近发现了两个字，一个是'乃'字的那一撇上加了两点，一个是'乃'字头上加了'宀'，这两个字朕不认识，要请教你。"王起说："我遍读三教经典和其他书籍，都没有见过这两个字，不知道陛下您是从哪本书中看到这两个字的？"武宗笑着说："朕知道你是宿儒，学综朝野，于是生造了这两个字让你认。"武宗作为皇帝，瞎编了两个字考他的老师，让人难以捉摸其意。但王起真是个有学问的人，武宗让他任礼部主考官，当之无愧。

帝王的亲情故事

帝王也有父母，有兄弟姊妹，帝王的亲情关系是怎样的呢？

权力的宝座让帝王的亲情总是残酷地掺杂着鲜血。他们常常为争夺权力而战，父子战、母子战、兄弟战、姊妹战、叔侄战等，他们会毫不留情地撕破亲情的面纱，在刀光剑影中六亲不认。

李渊在推翻隋朝统治后，又四处征战，终于当上了皇帝，是为唐高祖。唐高祖登基之初就组织大臣们编定一系列规章制度，其中最主要的一项规定就是关于皇帝身边的女人，即在皇后下设贵妃、淑妃、德妃、贤妃为夫人，秩正一品；又设昭仪、昭容、昭媛、修仪、修容、修媛、充仪、充容、充媛为九嫔，秩正二品；再设婕妤（秩正三品）、美人（秩正四品）、才人（秩正五品）各九人为二十七世妇；还有宝林（秩正六品）、御女（秩正七品）、采女（秩正八品）各二十七人为八十一御妻。这些女人构成了皇帝最亲密的关系网，她们虽然不参与军国大事，却要侍候好军国大事的最高决策者——皇帝。李渊就生活在这一堆女人中，这些女人为李渊生了二十多个皇子，其中李建成、李世民、李玄霸、李元吉为窦太后所生，为一母同胞。这四个儿子中，李玄霸在十六岁时去世，剩下三个儿子为争夺皇权在玄武门大打出手，血流成河，李建成和李元吉都成了李世民的刀下鬼。李渊深知他的这个儿子不是等闲之辈，就老老实实地把皇权交了出来。李世民登上了皇帝宝座，君临天下。

皇后、妃嫔、世妇、御妻和皇子都是皇帝的亲人，他们的亲情关系围绕着皇权发生变化。李建成是太子，按照封建帝王"立嫡立长"的制度，李建成自然是唐高祖的接班人，可高祖太原起兵，出自二儿子李世民的谋划，唐高祖曾对李世民许诺："若事成，则天下皆汝所致，当以汝为太子。"尽管李世民坚辞，但沉湎于酒色与畋猎的李建成总有一种危机感，生怕二弟夺走他的太子宝座，于是就和三弟李元吉勾结起来，给李世民制造麻烦。妃嫔、世妇、御妻们为了各自的利益，竞相结交李建成和李元吉，从中获得宝物，宝物到手后，就在高祖面前抬高这哥俩，贬低李世民。李世民在参加宫宴时，因母亲穆太后去世得早，他看见那些妃嫔思念母亲而唏嘘。高祖看见后很不高兴。妃嫔们乘虚而入，在高祖面前诬陷李世民："秦王常常独自流泪，是因为不待见我们。陛下您万岁以后，我们必不为秦王所容。"接着再为太子李建成美言："皇太子仁孝，陛下如果把皇位传给他，必能保全我们。"

唐高祖听了妃嫔们的话，非常失望，从此断绝了更换太子的念头，对李世民日益疏远，对李建成、李元吉日见亲密。

唐高祖的亲情天平就这样倾斜向了妃嫔。

李世民平定洛阳后，高祖让贵妃们到洛阳挑选隋朝宫女，同时收取仓库里的珍宝。贵妃们就私下向李世民索要宝物，还为自己的亲戚求官。李世民说："宝物都登记在册，上报朝廷了，至于你们要的官位，那要授予有贤德、才能和功劳的人。"妃嫔们没有得到好处，更加憎恨李世民。

之后，李世民又和张婕妤、尹德妃发生了冲突。淮安王李神通有功，李世民就拨给他几十顷田地。张婕妤的父亲也想要这些田地，张婕妤便向高祖提出请求，高祖手写敕令将这些田地赐给张婕妤的父亲。李神通因为秦王赏赐在先，不让田地。张婕妤向高祖告状说："皇上敕赐给我父亲的田地，被秦王夺去给了李神通。"高祖因此发怒，责备李世民说："难道我的手敕不如你的教吗？"

尹德妃的父亲叫尹阿鼠，骄横跋扈。杜如晦是秦王府的官员。一次，他经过尹阿鼠的家门，尹阿鼠命几名家童把杜如晦拽下马，并打断他的一根手指，还骂道："你是什么人，胆敢经过我家门前却不下马！"尹阿鼠怕李世民将这件事告诉皇上，就恶人先告状，让尹德妃对皇上说："秦王的亲信欺侮我家人。"高祖又生气地责备李世民说："我妃嫔的家人都受你身边的人欺凌，老百姓还能不受你身边的人欺负吗？"

这就是唐高祖的亲情观，亲近妃嫔，而不亲近儿子。他真的不亲近儿子吗？他对李建成和李元吉可不是这样，他疏远李世民有着更深层次的原因，那就是皇权，他要把皇权交给忠于他的人。可惜他忠奸不辨。

那么，李世民是忠臣吗？他忠诚于他的老爹吗？从后来发生的许多事情来看，李世民最忠诚于他手中的皇权。他当了皇帝之后，确实多次给他老爹侍宴侍酒，表现出孝老尊老爱老，特别是贞观四年（630），李世民击败了突厥，活捉了颉利可汗。李渊得知这个捷报后，说："刘邦被匈奴人羞辱，到死都没有洗刷耻辱。我有一个好儿子，终于洗刷了我向突厥称臣的耻辱啊！"李世民赶快说："百姓得到安宁，四夷全部归附，都是遵从陛下的圣旨，不是臣的功劳。"这话让唐高祖听得顺耳顺心。就在此时，李世民的老婆给唐高祖献上了一件自己亲手缝制的衣服。唐高祖缺少华贵的衣服吗？当然不缺，可是贵为皇后的儿媳妇能亲自为他缝制衣服，意义就不同了。李世民的老婆长孙皇后太会处理丈夫和公爹之间心照不宣的矛盾了。

武德九年（626），李世民以礼埋葬了李建成和李元吉，埋葬前分别赐给他们一个封号，诏封李建成为息王，谥号为"隐"，谥法"明不治国曰隐"；诏封李元吉为刺王，谥号为"刺"，谥法"不思忘爱曰刺"。李世民极有针对性地分别给他的哥哥和弟弟赐了一个很不光彩的名号。下葬的时候，李世民在宜秋门前号啕大哭了一场，这场痛哭真是五味杂陈啊。大臣魏徵、王珪上表请求送葬，李世民同意了，同时又命令官府旧僚都去送葬。

残酷的斗争之后，一息尚存的温情维系着他们曾经的兄弟之情。

但是，更残酷的事情接着发生。李世民在他老爹还活着的时候，把他的亲侄儿，即李建成的儿子、李元吉的儿子全部杀死。李渊心痛到了极点，冷冷地说："你杀我子孙，将来你的后代也会这样。"

李世民为什么如此狠毒呢？就是为了保住皇权而斩草除根。

大唐王朝，在繁盛的背后，帝王们不断上演着血淋淋的亲情故事。

《资治通鉴》记载唐玄宗"素友爱，近世帝王莫能及"。玄宗刚刚即皇位时，特意做了一套长枕头和一床宽大的被子，以便他能够与兄弟们同床共寝。诸王早上朝见天子，退下后便聚在一起进膳、饮酒、斗鸡、击球，到近郊狩猎，到别墅游玩。唐玄宗临朝听政后，与兄弟们在宫中饮食起居无分别。他们有时一起赋诗，一起饮酒，一起下围棋，策马纵犬外出打猎，手持丝竹乐器吹拉弹唱。李成器擅长吹笛子，李范擅长弹琵琶，他们和玄宗轮流演奏。诸王有谁生了病，玄宗甚至急得终日吃不下饭、终夜睡不着觉。薛王李业生生病，玄宗着急得不得了，一会儿工夫派人问候十次，又亲自熬制汤药，旋风吹来，烧着玄宗的胡须，左右侍从赶忙上前帮他扑灭。唐玄宗说："只要薛王服下这碗药以后能痊愈，朕的胡须即便烧掉又有什么值得可惜的呢？"但奇怪的是，玄宗也只给他们声色犬马、衣食无忧的快乐，而不给他们任何职务。

唐玄宗的亲情观是值得深思的亲情观。

唐玄宗因杨贵妃丢掉了手中的皇权，在思念皇权时，也深深地思念杨贵妃。唐人郑处诲在《明皇杂录》中记载了这样的故事：

　　唐玄宗自蜀回，夜阑登勤政楼，凭栏南望，烟云满目，上因自歌曰："庭前琪树已堪攀，塞外征夫久未还。"盖卢思道之词也。歌歇，上问："有旧人乎？逮明为我访来。"翌日，力士潜求于里中，因召与同至，则果梨园子弟也。其夜，上复与乘月登楼，唯力士及贵妃侍者红桃在焉。遂命歌《凉州词》，贵妃所制，上亲御玉笛为之倚曲。曲罢相睹，无不掩泣。上因广其曲，今《凉州》传于人间者，益加怨切焉。

至德中，明皇复幸华清宫，父老奉迎，壶浆塞路。时上春秋已高，常乘步辇，父老进曰："前时上皇过此，常逐从禽，今何不为？"上曰："吾老矣，岂复堪此！"父老士女闻之，莫不悲泣。新丰市有女伶曰谢阿蛮，善舞《凌波曲》，常出入宫中，杨贵妃遇之甚厚，亦游于国忠及诸姨宅。上至华清宫，复令召焉。舞罢，阿蛮因出金粟装臂环，云："此贵妃所与。"上持之凄怨出涕，左右莫不呜咽。

明皇既幸蜀，西南行，初入斜谷，属霖雨涉旬，于栈道雨中闻铃，音与山相应。上既悼念贵妃，采其声为《雨霖铃》曲，以寄恨焉。时梨园子弟善吹觱篥者，张野狐为第一。此人从至蜀，上因以其曲授野狐。洎至德中，车驾复幸华清宫，从官嫔御多非旧人。上于望京楼下命野狐奏《雨霖铃》，曲未半，上四顾凄凉，不觉流涕，左右感动，与之嘘唏，其曲今传于法部。

睹物思人，睹人思人，唐玄宗深深地怀念着杨贵妃，但不知道唐玄宗是否同时思念着他的第十六子李璘。

李璘的母亲死得早，是三哥唐肃宗李亨抚养长大的。史载，李亨常常抱着很小的弟弟李璘睡觉。可李璘长大后不仅不感谢哥哥李亨的抚养之恩，反而拥兵谋反。其实李璘谋反的条件还是他老父亲唐玄宗创造的。安史之乱，大唐风雨飘摇，玄宗逃到蜀地，李亨在灵武即位。就在这个时候，玄宗不顾大臣反对，居然封他的儿子们为节度使，目的就是给新皇李亨的政权制造混乱。李璘就被封为四镇节度使并任江陵大都督。江陵可是大唐的富庶之地，李璘一看自己管辖这么大的地方，有兵有马有钱，就产生了做皇帝的想法。结果却被哥哥李亨派皇甫侁杀害。

衰老的唐玄宗虽然见证了大唐的辉煌，但他的亲人一个又一个地在他眼前消失。

帝王的政余生活

说起帝王的生活，人们就会想到"荒淫无度"这个词。荒淫无度确实存在，对美女、美食、金银、珠宝等的强烈占有欲，让帝王们的生活花天酒地、醉生梦死。但是，对帝王的生活，我们也不能一概而论。

作为人，喜欢玩乐的本性在帝王身上尤其明显，但他们也有忧患意识，也有施展才华的强烈愿望，而且他们常常把这种愿望寄托在后代的身上，所以他们对太子的教育向来都很严格，配备的老师有太子太师、太子太傅、太子太保。太师教文，太傅教武，太保主管太子安全。选任的老师必须有学问、有品德、有操守，这些老师们要教太子知识学问，更要引导太子行端走正。

帝王也并非都沉迷于酒色，沉湎于游山玩水。在治国理政之余，喜欢读书学习、舞文弄墨的皇帝也大有人在。

唐朝的开国皇帝李渊不是从太子之位登上皇位的，而是从马背上夺取天下当上皇帝的。但史载李渊书法水平很高，"特善书，工而且疾。真草不拘常体，而草迹韶媚可爱"。意思是说李渊的字写得又好又快。据说一次注授官职，一千多人的簿册，李渊用了一顿饭的工夫就写完了，那些被注授官职的官员捧着簿册，如获至宝。可见李渊并不完全是个武将，他也是个文将。如果他平时不喜欢读书学习，不严格训练，能有这样的功夫吗？而这些训练应该就是在他驰骋疆场、治国理政之余进行的。

李世民爱好书法，他虚心请教当时的大书法家虞世南，用功练习，一心向上，结果他写的字凤翥鸾回，综合了王羲之、王献之书法的长处。李世民太喜欢王羲之的《兰亭序集》了，千方百计寻来《兰亭序集》真迹，并把它作为陪葬品带进了自己的陵墓。所以，李世民的政余时间应该有很大一部分用来练习写字。

李世民重视文化，世所称道。他在一次宴会上与大臣封德彝论文武之道。封德彝说："陛下以神武平海内，岂文德之足比。"意思是李世民武德高于文德。李世民立即反驳说："戡乱以武，守成以文，文武之用，各随其时。卿谓文不及武，斯言过矣。"李世民正是有这样的思想观念，才特别重视文化教育。魏徵建议说："偃武修文，安定中国，臣服归顺四夷。"唐太宗非常认同，欣然采纳了这一建议，极力尊崇儒学，文治天下。他当皇帝后，笔耕不辍，曾写下《帝京篇》十首。

唐太宗还喜欢写诗，他顺应唐朝无诗不雅的世风，写了很多诗，但后人评价他只有一首诗写得好，即《赐萧瑀》：

疾风知劲草，板荡识诚臣。

勇夫安识义，智者必怀仁。

　　萧瑀是李世民的铁杆忠臣，在李世民兄弟三人争斗的关键时刻，萧瑀坚定地站在李世民一边。李世民得胜之后，立马写了这首诗送给萧瑀。"疾风知劲草，板荡识诚臣"是千古名句，李世民把它引用到自己的诗里。李世民政余时间博览群书，可见一斑。

　　李世民当了皇帝之后，苦写苦练，所写的诗可以编成册子，其中不乏佳作，如《初夏》，初夏生动活泼的景象跃然纸上：

　　　　一朝春夏改，隔夜乌花迁。
　　　　阴阳深浅叶，晓夕重轻烟。
　　　　哢莺犹响殿，横丝正网天。
　　　　珮高兰影接，绶细草纹连。
　　　　碧鳞惊棹侧，玄燕舞檐前。
　　　　何必汾阳处，始复有山泉。

　　唐玄宗的诗也写得好，但人们都推崇他的一首词《好时光·宝髻偏宜宫样》：

　　　　宝髻偏宜宫样，莲脸嫩，体红香。眉黛不须张敞画，天教入鬓长。
　　　　莫倚倾国貌，嫁取个，有情郎。彼此当年少，莫负好时光。

这首词刻画了一个美女的形象，是写杨贵妃吗？好像不是，因为词中有"莫倚倾国貌，嫁取个，有情郎"，显然是祝福之词，唐玄宗不可能祝福杨贵妃嫁一个有情郎。"彼此当年少，莫负好时光"拔高了这首词的主题，也刻画出有作为、有宏愿的皇帝形象。人生贵在坚持，可惜他没有坚持下来，最终还是辜负了后半生的好时光。

现在，我们能读到唐玄宗写的诗共有六十多首，都写得很好。写诗应该是唐玄宗的政余爱好，而且是下了一定功夫的爱好。

唐玄宗还有一个政余爱好，就是观看舞马表演。郑处海在《明皇杂录》中记载了一个极具讽刺意味的关于唐玄宗舞马的故事。

唐玄宗让人训练了四百匹会跳舞的马，分成两队，分别起了名字，又给这些舞马配上有刺绣的衣服，用金银制成笼头，镶上玉石珠宝。玄宗喝酒的时候就欣赏舞马跳舞，高兴了就让搭上三层板床，他亲自骑马在上面旋转。有时玄宗还让有力气的士兵举起一块大板子，让马在上面跳舞，乐工站在马的前后左右奏乐。马随着音乐节奏翩翩起舞，花样翻新。玄宗每年过生日都要在勤政楼前看舞马表演。

安史之乱打破了唐玄宗醉生梦死的生活，他逃难到了四川，训练有素的舞马也散落于民间。安禄山以前看过舞马表演，非常喜欢，因此弄了几匹养在老巢范阳，后来被田承嗣得到，夹杂在战马中间，但没人知道这是玄宗训练出来的舞马。某天，军队犒劳士兵，喝酒奏乐，战马中间夹杂的一匹舞马听到音乐就跳起舞来。喂马的人怀疑这匹马是妖怪，就用扫帚打，舞马以为是自己跳得不合节拍,和着抑扬顿挫的节律更加卖力地表演。马棚小吏报告给长官,田承嗣命令用力打,结果越打马跳得越欢,有节奏地狂跳。马跳得越欢,田承嗣的心就越慌,于是命令用乱棍使劲打,竟然把马打死了。

帝王政余生活的糜烂,舞马表演是缩影之一。

李肇在《唐国史补》中记载,唐德宗李适"晚年绝嗜欲,尤工诗句"。唐德宗常常与大臣们和诗,其实就是赛诗,每次比赛,有大臣写的诗不如他,德宗就高兴地说:"排公在。"古人有一种投石游戏,胜者为排公,后来专指擅长诗律的人。看来德宗在政余苦练诗歌,练出了硬功夫。《九日绝句》虽写宫廷的歌舞升平,却犹有意境:

禁苑秋来爽气多,昆明风动起沧波。

中流箫鼓诚堪赏,讵假横汾发棹歌。

读唐史,我们不得不钦佩宣宗,他是唐代后期的中兴之主。史书说他雅尚文学,喜欢读书,退朝之后就到书斋看书至夜半时分,宫人们给他起了个雅号:"老博士"。博士,多么光彩夺目的头衔,即使贵为帝王,也很难得此殊荣。唐宣宗得到了,而且不是溜须拍马的大臣们的讨好之誉。唐宣宗理政之暇,常常找一帮文人学士互相酬唱;公卿出镇,也要赋诗饯行;与群臣宴饮,更离不开作诗助兴。宣宗的《瀑布联句》:

千岩万壑不辞劳，远看方知出处高。

溪涧岂能留得住，终归大海作波涛。

此诗采用拟人手法，着意刻画瀑布坚韧的品格和高远的志向。全诗立意高远，语言清丽，读之朗朗上口，一改初唐绮靡拗口的风气，韵味十足。

宣宗爱好诗文，但怕下属玩物丧志。宰相们研究决定任命很有才气的李远为杭州刺史，但就因为李远写过一句"长日惟销一局棋"，宣宗就不想批准。宣宗认为如果一个人把时间都耗费在下棋上，必然无心政务。

帝王的政余生活丰富多彩，但是为讨帝王的欢心而献媚，也要把控好尺度。

宣宗朝，宫廷教坊里有个优人叫祝汉贞，此人滑稽，唐宣宗很喜爱他。宣宗随意指一物，祝汉贞当场就能编出一个笑话，令听者捧腹大笑。但祝汉贞就没把控好尺度。一天，祝汉贞又在唐宣宗面前表演诙谐戏，说着说着，就把许多政事牵扯进来，唐宣宗马上正色训斥说："我养你们这群优人，只是要你们演戏供我嬉笑休息罢了，你们岂敢随意干预朝政！"从此宣宗疏远了祝汉贞。

唐宣宗也特别喜欢听音乐。有个乐工叫罗程，弹的一手好琵琶，宣宗很喜欢他，罗程就掂量不清自己几斤几两了，有恃无恐地杀了一个人，宣宗立马下令将其关进大牢。一些乐工想为罗程求情，便在罗程经常演出的位置上放了一把琵琶。宣宗问："这是什么意思？"乐工们就说："罗程有绝艺，可为陛下助兴。"想让宣宗释放罗程。宣宗却说："你们怜惜的是他的才艺，而我怜惜的是祖宗的法度啊。"便下令杖毙罗程。

看来，唐宣宗确实有健康积极的政余生活，写诗，欣赏音乐，听听笑话，应该说很有品位。那么，为他助兴的人就要找准自己的位置，控制好自己的行为。

史载唐高宗通晓音律，他早晨起来听到黄莺婉转的鸣叫声，就命乐工谱曲。名曲《春莺啭》就是这样诞生的。大概是他太痴迷音乐了，一次他亲御翔鸾阁观大酺。大酺即大宴饮，帝王为了表示庆贺，赐大酺，特许民间举行大宴饮三天。杜审言曾写过一首《大酺》：

毗陵震泽九州通，士女欢娱万国同。

伐鼓撞钟惊海上，新妆袨服照江东。

梅花落处疑残雪，柳叶开时任好风。

火德云官逢道泰，天长日久属年丰。

这首诗其实就是写大酺时的奢靡生活。在如此盛大的场面上，高宗太想过一把音乐瘾了，就让音乐班子分成东西朋，让雍王李贤主东朋，周王李显主西朋，决胜负取乐。一场由他的两个儿子分班主持的音乐大赛开始了，可以想见当时的气氛有多热烈。大臣郝处俊突然上谏说："二王春秋尚少，志趣未定，当推梨让枣，相亲如一。今分二朋，递相夸竞，俳优小人，言辞无度，恐其交争胜负，讥诮失礼，非所以崇礼义，劝敦睦也。"高宗矍然曰："卿远识，非众人所及也。"他立马制止了这场比赛。

一场音乐大赛落幕，但其中的多重含义值得后人思考。

帝王有帝王的才艺，帝王有帝王的奢靡生活，才艺来自对文化的爱好与追求，奢靡生活来自贪婪的欲望。

帝王的私密空间

唐朝有一本笔记小说，名叫《龙城录》，相传为柳宗元撰，但历来学者对此表示怀疑。这本笔记小说记载了唐玄宗登基前在宫所与道士冯存澄因射覆得卦的故事。

射覆，是中国古代近于占卜术的猜物游戏，即在瓯、盂等器具里放置一物件，让人猜测里面是什么东西。冯存澄是唐玄宗时期一个很有名的道士，道士们喜欢玩这种自以为高深莫测的游戏以抬高自己的身价。唐玄宗还没有当上皇帝时，在宫廷斗争波谲云诡的情况下，对自己到底能不能登上皇位心存疑虑，就在宫所里和冯存澄玩起了射覆的游戏，先得卦曰"合因"，又得卦曰"斩关"，最后得卦曰"铸印乘轩"。冯存澄解释说："昔此卦，三灵为最善，黄帝胜炎帝而筮得之。所谓'合因斩关，铸印乘轩，始当果断，终得嗣天'。""终得嗣天"的意思是最终会继承皇位。"上皇掩其口曰：止矣，默识之矣。"李隆基刚一听到冯存澄的解释，立刻制止他说："这话不能再说了，悄悄地装在肚子里吧。"后来李隆基果真登上了皇位，应验了这一射覆结果。

射覆是唐玄宗登基前的私密举动。想当皇帝，又担心当不上皇帝，于是在这样一个私密空间与道士玩起了算卦的游戏。这样的游戏，敢在光天化日下进行吗？

唐玄宗有两位贤相，一名姚崇，一名宋璟，这两位贤相在没有到玄宗身边的时候，玄宗就在一次梦中梦到了。这个故事也记载在《龙城录》中。"上皇初登极，梦二龙衔符自红雾中来，上大隶姚崇宋璟四字，挂之两大树上宛延而去。梦回，上召申王圆兆，王进曰：两木相也，二人各为天遣，龙致于树，即姚崇宋璟当为辅相兆矣。上叹异之。"这是一种神秘兮兮的说法。皇帝会做梦，皇帝也喜欢解梦。皇帝解梦同样不可能在大庭广众之下。

李肇在《唐国史补》中记载："肃宗五月五日抱小公主，对山人李唐于便殿，顾（李）唐曰：'念之勿怪。'（李）唐曰：'太上皇亦应思见陛下。'肃宗涕泣。是时张氏已盛，不由己矣"。这个故事读起来，有一种想笑又笑不出来的感觉。李唐所说的太上皇，就是肃宗的父亲唐玄宗，此时他已经被软禁在南宫。而唐肃宗又被李辅国和张皇后死死地控制住。唐肃宗这一哭，哭出了他的软弱无能，就连见他的父亲都不可能，也哭出了宫廷斗争的血雨腥风。

这个故事显然是唐肃宗在一处私密空间上演的。在私密空间内，唐肃宗疼爱着小公主，思念着老父亲，无可奈何地流下了心酸的泪水。

史载，唐肃宗的生母姓杨，是唐玄宗的贵嫔。她病逝得早，肃宗登基后追谥元献皇后。唐玄宗还在东宫的时候，他姑姑太平公主就嫉恨他，元献皇后怀孕后，玄宗因害怕太平公主，就想用药打掉胎儿。但苦于没有亲近的人可以诉说，正好张说以侍读的身份来到玄宗身边，于是他们就开始秘密策划打胎的事。打胎需要药，这件事就让张说去办。张说曾秘密带进东宫三剂药，玄宗打发走左右的人，亲自煎药，结果这三剂药都在他熬药打盹的时候，被梦中的神人给倒掉了。玄宗就把这奇异的事告诉了张说，张说降阶恭贺说："这是天命，不能再打胎了。"后来，元献皇后想吃酸食，玄宗又告诉了张说。张说就在每次给玄宗进献经书的时候，在袖子里装上木瓜献给元献皇后。元献皇后生下的便是日后的唐肃宗。神人倒药显然是传说，但是唐玄宗在没有登基的时候，张说就是他的老师，他们师徒二人在东宫这个私密空间内一定密谋过很多事。

帝王的私密空间常常谋划阴险的活动，是历史长河中惊心动魄事件的策划地。李世民与李建成、李元吉的斗争到了你死我活的时刻，父亲李渊到西宫对李世民说："首建大谋，削平海内，皆汝之功。吾欲立汝为嗣，汝固辞；且建成年长，为嗣日久，吾不忍夺也。观汝兄弟似不相容，同处京邑，必有纷竞，当遣汝还行台，居洛阳，自陕以东皆王之。仍命汝建天子旌旗，如汉梁孝王故事。"李世民涕泣，说不愿远离皇帝膝下。李渊又说："天下一家，东、西两都，道路甚迩，吾思汝即往，毋烦悲也。"这是父子间的私密对话。父亲李渊看到三个儿子为争夺皇权刀光剑影、不可开交，就谋划了一盘棋，让李世民到东都洛阳建立根据地，让长子李建成接他的班。李世民以不想离开父亲为由予以推脱。与此同时，李建成与李元吉也在私密中商量着对策。商量的结果是不能让李世民去洛阳，到了东都洛阳，有土地有甲兵，就不好控制了。于是哥俩就开始动用他们的亲信，首先上奏劝说高祖打消这个念头，理由是："秦王左右闻往洛阳，无不喜跃，观其志趣，恐不复来。"又安排近臣以利害关系劝说高祖不要安排李世民去洛阳。李渊的心意改变。

可以想见，这一系列阴谋活动都是在私密空间进行的。正在此时，突厥郁射设率数万骑兵入塞，包围了盐州五原县北面的乌池。高祖下令攻打，李建成与李元吉密谋利用此次出兵的机会，将李世民及其身边的亲信一网打尽。他们的密谋被率更令王晊听到，王晊立刻将此事报告给李世民，李世民赶快召集他的亲信长孙无忌等到他的私密空间秘密策划。长孙无忌等人劝说李世民立马动手。李世民叹气说："骨肉残杀，是古往今来的大丑事。祸事即将来临，我打算在他们挑起祸事之后，再去讨伐他们，这样做更合适。"尉迟敬德说："现在大家誓死拥戴大王，这是上天所授。祸患已经来临，大王却仍旧不为此事担忧。即使你把自己看得很轻，可你觉得这样做对得起宗庙社稷吗？如果大王不肯采用我的主张，我就逃身荒野。我不能留在你的身边拱手任人宰割！"接着长孙无忌也以要离开大王的话逼迫李世民当机立断。

李世民又征求秦王府僚属的意见。大家意见一致：尽快捉拿李建成和李元吉。李世民又想起了房玄龄，说此事要征得房玄龄的支持，可房玄龄胆小怕事，他对长孙无忌等人说："敕书的旨意很明白，就是不允许我们再侍奉秦王。如果我们私下去谒见秦王，肯定要获死罪，因此我们不敢接受秦王的教令！"李世民一听，生气地对尉迟敬德说："房玄龄与杜如晦难道要背叛我吗？"他摘下佩刀交给尉迟敬德，说："您去察看一下情况，他们没有前来的意思，就砍下他们的头颅带回来见我。"

尉迟敬德与长孙无忌再次晓示房玄龄等人说："秦王已经将采取行动的办法确定下来了，你们要赶快商议大事。我们四个人要分开走，不能同行在街道上。"于是房玄龄与杜如晦穿上道士的服装，与长孙无忌一同进入秦王府，尉迟敬德由别的道路进了秦王府。

此时此刻，秦王府已经成为李世民与诸位亲信密谋政变的私密场所。一场血战正在这里酝酿。

帝王的私密空间，阴森昏暗。高大的宫殿，厚重的帷幕，摇曳的灯光，燥热和阴冷交织在一起。在这个神秘的地方，帝王耳聪目明，各路消息都集中到这里，他绞尽脑汁，思考、判断，不时召集来一个或几个他最信任的人，秘密地谈话，秘密地行动，不是密谋杀人，就是密谋赶人。

唐玄宗与他姑姑太平公主的斗争已经白热化。此时，虽说睿宗已将皇位传给唐玄宗，但在妹妹太平公主的怂恿下，睿宗竟然对玄宗说："朕虽传位，岂忘家国！其军国大事，当兼省之。"也就是说，唐睿宗是退位放权。就在玄宗登基时，睿宗宣布，三品以上官员的任用需要他批准，军国大事和重大刑狱案件也要他审理。在这样的背景下，太平公主时刻准备着推翻唐玄宗，与萧至忠等文武大臣谋划，准备安排宫人元氏在给玄宗上的一道叫"赤箭"的菜中投毒，毒害玄宗。事态非常紧急，玄宗的亲信王琚、张说、崔日用来到玄宗身边，劝说玄宗早日动手。玄宗犹豫不决，主要是害怕惊动上皇。崔日用说："天子之孝，在于安四海。若奸人得志，则社稷为丘墟，安在其为孝乎！请先定北军，后收逆党，则不惊动上皇。"玄宗同意了。太平公主与其亲信密谋在七月初四动手。消息传来，玄宗就与岐王李范、薛王李业、兵部尚书郭元振、龙武将军王毛仲等亲信密谋好对策。早一天，即于七月初三先下手，剿灭对方。

生死之血战的计划全在这个密不透风的空间中形成了。

唐朝中期有位政治家、谋臣、学者名李泌，自幼聪颖，深得唐玄宗赏识，任其为待诏翰林，为太子李亨的属官。安史之乱时，李亨即位于灵武，召李泌参谋军事，宠遇有加。肃宗曾与李泌私谈过许多大事。肃宗任命他为天下兵马大元帅、广平王李俶（后来的唐代宗李豫）行军司马。一次，军中商议立元帅，人们都推选建宁王李倓。李倓是肃宗的第三子，有才略，以皇孙的身份被封为建宁郡王。安史之乱后，他跟随唐玄宗进入蜀地。他支持时为太子的李亨（父亲），与玄宗分道扬镳，确实既有才又有功。但李泌不同意让李倓任元帅。于是他就暗中对肃宗说："建宁王的确聪明，但广平王是嫡长子，有为人君的气量，难道要让他做吴太伯吗？"吴太伯是周氏族首领古公亶父的长子，两个弟弟是仲雍和季历。父亲传位给三儿子季历，太伯就和仲雍避让，迁居江东，建立勾吴。李泌的意思是，陛下如果要让建宁王李倓任大元帅，那么广平王李俶就会成为吴太伯，可能会离开肃宗开辟自己的领地。

肃宗说："广平王已被立为太子，何必再做元帅呢？"李泌说："假使元帅立功，陛下不让他做君位的继承人，能行吗？太子随从时是抚军，驻守时是监国，如今元帅就是抚军。"李泌这个斩钉截铁的推断，让肃宗心服口服。最终肃宗听从了他的建议，任广平王李俶为大元帅，为李俶最后登上皇位奠定了基础。

这既是军国大事，又是肃宗的家庭大事，肃宗和李泌只能在私密空间内悄悄谋划。

白敏中是白居易的堂弟，也是唐宣宗朝的贤相，他曾为宣宗的女儿万寿公主挑选驸马，选中了状元郑颢。当时郑颢已与卢氏联姻，正前往迎亲，却被白敏中派人追回。郑颢为此痛恨白敏中，多次在宣宗面前诋毁他。大中五年（851）四月，白敏中被任命为邠宁节度使，要离开京城，但他一直担心郑颢会诋毁他，临行前去见了宣宗，说："郑颢并不想娶公主，因此怨恨臣。臣在朝中，他无能为力。臣若出镇，他定会中伤我。"宣宗道："我早就知道了，你怎么现在才说？"说完，命人将一个柽函交给白敏中，并传话说："这里面都是郑郎诋毁你的书笺。我若是相信，你又怎么会有今日？"白敏中这才安心。

可见唐宣宗的私密空间内隐藏了多少秘密，有郑颢一次次诋毁白敏中的奏章，有白敏中私下拜见他的谈话，有他悄悄给白敏中看郑颢奏章的事情。所以，宣宗的私密空间内，既有攻讦，又有辩白。

令人疑惑的是，帝王在私密空间的谈话与谋划，最后是怎样被史家捕捉到的？书上写的历史是真实的历史吗？

帝王的沉迷不悟

帝王确实有鬼迷心窍的时候,尤其是对美女和所谓的仙丹。

帝王痴迷美女,帝王痴迷长生不老。帝王为了这些,会罔顾一切、执迷不悟。

唐高祖痴迷美女,用制度名正言顺地占有大量美女,美女的枕边风吹皱了他心中的一池春水,他宁可相信美女的话,也不相信大功在身的二儿子李世民的话。三个儿子的争斗就在他身边一堆美女的推波助澜中酿成了血案。

唐太宗开创了大唐盛世,却也留下了爱美女的污名。玄武门之变结束后,他霸占了两个他不该霸占的女人,一个是他族兄庐江王李瑗的爱姬玳姬,一个是他弟弟李元吉的妃子杨氏。

唐高宗痴迷美女。他痴迷武则天。武则天因长得美,十四岁就被高宗的父亲唐太宗招入宫中,封为五品才人,赐号"媚娘"。媚娘还为太宗训练了一匹烈马。据说这匹马肥壮任性,没人能驯服它,武媚娘就对李世民说："我能驯服它，但需要三件东西，一是铁鞭，二是铁棍，三是匕首。用铁鞭抽打它，不服，就用铁棍打它的脑袋，再不服，就用匕首割断它的喉咙。"唐太宗因此喜欢这个有胆色的美女，但只不过是一般的喜欢，还没有发展到宠爱的程度。太子李治却和这位媚娘悄悄地谈起恋爱。李世民驾崩后，武媚娘入长安感业寺。李治登上皇位，在唐太宗周年忌日那天入感业寺进香，恰与媚娘相遇，别后的思念之情立刻让他们难以分离。当时王皇后正与情敌萧淑妃针尖对麦芒，需要一个支持自己的人，就主动请求唐高宗把武媚娘接进皇宫。此举正中高宗心意，武媚娘堂而皇之地进了皇宫，成了高宗最宠爱的心上人，大唐江山从此一步步地落入武媚娘的手中。

说实话，唐高宗并不是一个软弱的皇帝，即位之初，治理天下大有贞观遗风。他把唐太宗的三日一朝改为一日一朝，勤勉执政。永徽二年（651）九月，唐高宗下令将所占的百姓田宅还给百姓。他执法宽平公正。他还破百济，灭高句丽。如此强势的一位皇帝，却被武则天蛊惑得魂不附体，竟然要废王皇后，立武则天为皇后，朝廷元老一片反对，但无法阻挡唐高宗的这一举动。

唐玄宗也是一位强势的皇帝，开创了开元盛世，但他一爱上杨贵妃，便鬼迷心窍。登基之初，他曾下令焚毁后宫珠翠之玩，力戒奢靡。但为了讨好杨贵妃，他挑选七百人为杨贵妃制作衣服，动用快马把岭南的鲜荔枝快速送到杨贵妃手中。杨贵妃的族弟杨国忠平步青云，当上了宰相，杨贵妃的大姐被封为韩国夫人，三姐被封为虢国夫人，八姐被封为秦国夫人。

外戚专权，天下的混乱可想而知。

帝王痴迷美女，美女魅惑皇帝。帝王身边的美女一旦野心膨胀，就会用虚假的情爱迷惑皇帝，以实现自己的政治目的。

唐肃宗的皇后张良娣在肃宗还是太子时，确实是一心一意为太子着想。在安史之乱的动荡时期，太子晚上睡觉时，张良娣都要挡在他的前面，并对太子说："你长途跋涉，卫兵不多，一旦遭遇不测，我可以挡在你的前面，你就可以从后面逃走。"到了灵武，张良娣生了孩子三天就起来为战士缝补衣裳。

唐肃宗即位后，立张良娣为淑妃，后又册封为皇后。她的野心开始膨胀，与宦官李辅国勾结，在禁中把持朝政，干预政事，死死地控制着唐肃宗，最后却被她的同党李辅国杀害。

蔡东藩曾评价张皇后"一再忤旨，而仍得专宠，王之不明，人所共知"。王之不明，乃王之痴迷，美女的美色让帝王醉眼迷离、心神不宁，导致怠政、荒政，以致废政。

大概皇后干预朝政的教训太深刻了，唐朝第十一位皇帝宪宗李纯明确宣布不立皇后。从宪宗开始，穆宗、敬宗、文宗、武宗、宣宗相继效法，都没有立皇后。但不立皇后，并不代表他们不痴迷美女。

求得长生不老，是帝王的又一执念。

身处皇位，居高临下，颐指气使，养尊处优，因此帝王心思所在：一保皇位，二保性命。信佛求仙，苦炼仙丹，一意孤行，谁都阻止不了。

唐太宗也信佛，贞观二十二年（648），大将王玄策破天竺，俘获了一位方士，名叫那罗迩婆娑寐。这位方士自言有长生术，唐太宗信了，就让他在金飙门外炼制长生药，并派人在天下寻求奇药异石。许久，却并没有炼制出长生药，太宗就把他放了回去。

其实早在唐高祖时期，太史令傅奕就上疏痛批佛法。他说："佛在西域，言妖路远。汉译胡书，恣其假托。使不忠不孝削发而揖君亲，游手游食易服以逃租赋。"请除佛法。唐高祖即刻下令沙汰天下僧、尼、道士、女冠，并勒令那些庸猥粗秽者还乡。

傅奕上疏批佛，正是唐太宗兄弟三人斗得不可开交的时候，即便如此，太宗也不可能不知道傅奕上疏请除佛法这件事。武德九年（626）六月己未，太白星经天而过，傅奕密奏唐高祖："太白见秦分，秦王当有天下。"秦王即李世民。傅奕的密奏明显是提醒唐高祖，李世民可能有重大行动。高祖把傅奕的话告诉了李世民，庚申日，李世民就开始行动。武德九年（626）八月癸亥，李世民登基，不久就召见了傅奕，说："你前面所奏，差点让我蒙受祸患。然而凡有天变，你都应该告诉我。"他还对傅奕说："佛之为教，玄妙可师，卿何独不悟其理？"傅奕仍旧予以痛批，说佛教"无益于民，有害于国，臣非不悟，鄙不学也"。从太宗与傅奕的对话中可以看出，唐太宗信佛、追求长生不老是有思想基础的。

但太宗的儿子唐高宗不信这一套。他当上皇帝后，那罗迩婆娑寐求见，被高宗赶了回去。王玄策遗憾地说："此婆罗门实能合长生药，自诡必成，今遣归，可惜失之。"后来高宗对他的侍臣说："自古安有神仙！秦始皇、汉武帝求之，疲敝生民，卒无所成。果有不死之人，今皆安在！"

玄宗好求仙，常常派人在各郡县征召奇人异士，李德裕撰写的《次柳氏旧闻》多有收录。唐玄宗寻找奇人异士，就是想让自己长生不老。

唐肃宗也相信鬼神，导致一群恶少在乡间聚敛钱财。

唐代宗初不信佛，但他身边的三个宰相元载、王缙、杜鸿渐信佛，在禁中养了一百多个僧人。敌寇来了，就让这些僧人讲《仁王经》禳解，敌寇走了，就厚奖这些僧人，有个胡僧为此做到了卿监一职。代宗又造金阁寺于五台山，铸铜涂金为瓦，耗费巨大。元载等人每每侍候皇帝，就大谈佛事。于是天下人承流相化，废人事而信佛法，朝纲败坏。

宪宗继位后英明果断，干了许多大事，但他晚年迷信方士，想求长生不老之药。元和十三年（818），宪宗下诏征求方士，皇甫镈向他推荐了一个名叫柳泌的山人，为他配制长生药。宪宗又派宦官至凤翔迎接佛骨。刑部侍郎韩愈上疏，恳切诤谏。宪宗勃然大怒，准备对韩愈处以极刑。裴度等奏言韩愈忠直，宪宗才将韩愈贬为潮州刺史。次年，宪宗开始服用长生药，性情变得暴躁易怒，经常斥责或诛杀左右宦官。宦官集团分为两派，吐突承璀一派策划立李恽为太子，梁守谦、王守澄一派拥护李恒为太子。朝廷斗争愈演愈烈，人人自危，宪宗终为宦官陈弘志等杀害。

唐武宗是唐朝第十五位皇帝，原名李瀍。会昌五年（845），他在宠信的道士赵归真和刘元靖等人的劝说下，下诏拆毁佛寺，令僧尼二十六万余人还俗，没收大量寺院土地，从而扩大了唐朝政府的税源，巩固了中央集权。

但这位皇帝长期服食长生丹药，性格暴躁，喜怒无常。会昌五年（845）

十月，武宗召见李德裕。李德裕说："陛下您近来决断严厉，让人惊恐。以前贼寇、叛逆专横暴虐，当然应该用严刑来制服他们；但如今天下已经平定，希望您能以宽容理政，让犯罪的人服罪，让为善的人不感到恐惧。"就在这年秋冬，唐武宗开始患病，道士声称这是成仙前的"换骨"，武宗信以为真。会昌六年（846）三月一日，久病未愈的武宗又奇怪地认为唐属土德，王气不可以胜过君主之名，于是改名为李炎。武宗认为唐的土德能克水，他名"瀍"，有三点水，被土德所克，应改名为"炎"，以火生土，如此，君王之名就胜过王气了，自己的病也很快就能痊愈。但不久，武宗的病情恶化，十来天说不出话来。会昌六年（846）三月二十三日，武宗在长安大明宫驾崩，年仅三十三岁。

　　唐宣宗也是不听任何人劝阻，长年食用太医李元伯所献的仙丹中毒而死，享年五十岁。

　　迷信长生不老，说来让人不可理解，但又能理解。长生才能长久地享受荣华富贵，帝王们为此千方百计地寻求长生不老药。

帝王的悔不当初

　　帝王的悔心事实在太多了，可以说他们最后的结局都是由一件件悔心事导致的。

　　唐高祖最大的悔心事应该是立太子，他听信妃嫔和身边小人的谗言而犹豫不决，导致他的三个儿子为争夺皇位闹得你死我活，最终自己也大权旁落。

　　唐高宗最大的悔心事应该是立武媚娘为皇后，最终朝政大权被这位媚娘牢牢地控制在自己手中，大唐李姓天下一度改为武姓。

　　唐玄宗的悔心事太多了，宠爱杨贵妃是一件，宠信安禄山是一件，宠幸李林甫是一件……

　　唐朝其他帝王虽然没有后果如此严重的悔心事，但每位皇帝都有悔不当初的事。

　　因错爱武则天，唐高宗后悔过。麟德元年（664），他气愤武则天"专作威富"，就与宰相上官仪谋划废除武则天，但消息走漏，武则天就来逼问他，为什么要废除她？是谁让他这么干的？高宗经不起老婆的追问，就把上官仪给供了出去。武则天没有被废，权势一天比一天大。永淳二年（683）十二月二十七日午夜，唐高宗时断时续地留下遗诏："七日而殡，皇太子（李显）即位于柩前。园陵制度，务从节俭。军国大事有不决者，取天后处分。"从遗诏上看，高宗后悔了吗？

唐玄宗不但至死不后悔自己错爱了杨贵妃，反而深深地思念着杨贵妃。

皇帝确实有后悔的事。

贞观十七年（643），魏徵去世几个月后的一天，唐太宗下令推倒了魏徵的碑。魏徵是唐太宗的诤臣，也是他的贤相，魏徵去世后，唐太宗亲自书写碑文纪念他，这个时候下诏毁掉魏徵的碑，确实让人不能理解。

原来太宗毁魏徵的碑与太子李承乾有关。

李承乾作为唐太宗的长子，"丰姿峻嶷""仁孝纯深"，太宗非常喜欢他，册立他为太子，并多次让他临朝监国，但后来他图谋杀害胞弟魏王李泰，在暗杀失败后，又与汉王李元昌、驸马都尉杜荷、侯君集等人勾结，打算起兵逼宫，结果事情败露。唐太宗只好下令将他废为庶人，流放黔州。

李承乾为什么要谋害魏王李泰呢？他作为太子，行为越来越偏离唐太宗的想法，太宗就决定立魏王李泰为太子，引起了李承乾的不满，遂起谋害之意。其实李承乾所做的那些违规的事也并不是什么大事，可是他的老师于志宁、孔颖达、张玄素等对他要求很严，稍有偏差就对他提出严厉的批评劝谏。这种教育方式非但没有收到应有的效果，反而让李承乾越来越逆反。贞观十五年（641），李承乾竟然私自引突厥群竖入宫，再次惹怒于志宁。于志宁很快就上报给太宗。唐太宗下令让李百药等人侍讲于弘教殿，并嘱咐杜正伦时时规劝太子注意言行。结果杜正伦在几次规劝无效后，把太宗的话告诉了李承乾，李承乾一怒之下抗表闻奏，唐太宗对此十分不满，质问杜正伦为什么漏泄他的话，并将杜正伦贬为谷州刺史，又贬为交州都督，后来又因李承乾谋逆一事，将之流放骧州。

李承乾身边的两位老师杜正伦、侯君集都曾得到魏徵的推荐，说他们都有宰相之才。结果杜正伦因罪被废，侯君集因谋反罪被诛，唐太宗就怀疑魏徵是他们的同党，首先下旨解除了衡山公主与魏徵长子魏书玉的婚约，接着就毁了魏徵的碑。

时隔半年，唐太宗决意对高句丽用兵，他非常自负地说："魏徵生前劝说我不要东征高句丽，简直是无稽之谈。"结果他征讨高句丽很不顺利，损兵折将，实际上以失败而归。这个时候，他后悔了，想到了魏徵，说："要是魏徵还活着，他一定不会让我去攻打高句丽！"于是命人快马加鞭，给魏徵立新碑，用少牢之礼隆重纪念魏徵。

唐太宗的这件悔心事，有所为，有所悔，有所改，不愧为明君。

唐中宗李显是唐高宗与武则天生的第三个儿子，曾两度在位，第一次失位，应该与他对裴炎说的一句话有关。

李显确实庸弱无能。他登基后，尊武则天为皇太后。裴炎受唐高宗遗诏辅政，但政事皆决于武则天。唐中宗当然不满意，就想重用韦后的亲戚，试图组成自己的权力集团。他把韦后的父亲韦玄贞由普州参军提拔为豫州刺史，并打算擢升为侍中（宰相职），裴炎立马表示不可。中宗大怒曰：
"我就是把天下给韦玄贞，也无不可，难道还吝惜一侍中吗？"裴炎听后
报告给武则天，武则天对中宗的举动大为恼火。嗣圣元年（684）二月，
继皇帝位才五十五天的中宗被武则天废为庐陵王，贬出长安，他的弟弟李
旦做了傀儡皇帝，也就是睿宗。

唐中宗因这句话惹来被废黜的大祸，他一定很后悔。

唐玄宗也做了一件让他终身后悔的事。开元十二年（724）七月，他
废了王皇后。王皇后是唐玄宗的结发妻子，为人贤惠，从不搬弄是非，执
掌后宫十几年，妃嫔和宫人们都得到了她很多恩惠。她对大唐王朝以及唐
玄宗情深意重。《资治通鉴》记载："上之诛韦氏也，王皇后颇预密谋。"
也就是说，当初还是临淄王的李隆基起兵诛杀韦后一党之前，身为王妃的
王氏曾经参与其中，给李隆基以极大的帮助。改变唐朝历史的"唐隆政变"
之所以能够成功，离不开王氏的全力支持。后来李隆基登基，身边美女如
云，而贤惠的王皇后已人老珠黄，色衰爱弛。又因武惠妃，唐玄宗对她更
加不满，最终下定决心废除王皇后。

王皇后被废后，宫内一片惊叹。三个月后，心情极度忧郁的王皇后在
孤独和绝望中去世。得知王皇后去世的消息后，唐玄宗心中颇有悔意，毕
竟结发妻子陪伴他这么多年，其中还经历了几年自己最为艰难的日子。

唐玄宗更后悔的一件事是开元二十四年（736）迁张九龄为尚书右丞，
免去其知政事（宰相）职务。张九龄以重阳节要回广东祭祖为由，向皇帝
告假回乡，从此离开了唐玄宗。

唐玄宗免去张九龄的职务，就是嫌张九龄在很多事情上不配合他。他要拜牛仙客为尚书，张九龄不同意。他要拜李林甫为宰相，张九龄也不同意。更让玄宗不高兴的是，在他过五十大寿时，满朝官员都送金银珠宝祝寿，张九龄却两手空空而来。两手空空就两手空空呗，他还"不识时务"地给皇帝呈上了一本奏章。这本奏章就是名垂千古的《千秋金鉴录》，有治国安邦的金玉良言。但玄宗很不高兴，于是免去了张九龄的知政事职务。

张九龄离开朝廷后，奸相开始争权夺利，弄得满朝风雨。玄宗这才想起张九龄，赶快遣使到广东请张九龄回朝复相。张九龄以年老体弱为由，婉言谢绝。开元二十八年（740）五月七日，张九龄因病去世，终年六十八岁。玄宗为此后悔莫及，伤心而泣。后来每每有人向朝廷推荐人才，玄宗都会问："其人风度得如九龄否？"

得到未必珍惜，失去方知后悔。后悔也为之晚矣。

唐肃宗做了一件让他一直没法说出口的悔心事，就是他亲自下令赐死三儿子李倓。齐王李倓是李亨最看中的一个儿子。安史之乱，李亨率兵北上，李倓率骁骑数百，每战在前，支持父亲在灵武登基。之后，李倓率军多次击溃盘踞关中的叛军。李倓为人正直，多次向肃宗揭露李辅国、张良娣二人的罪行。正好史思明被自己的亲生儿子史朝义杀害，唐肃宗担心手握兵权的儿子有一天也会像史朝义那样杀害自己。肃宗的妃子张良娣早就想除掉齐王李倓，让自己的儿子登上皇位，于是经常在肃宗面前说齐王李倓的坏话。齐王李倓想外出打仗，张良娣便联合李辅国，对肃宗说齐王李俶外出打仗的弊端，最重要的是军权旁落。肃宗听信了。李俶很郁闷，扬言要杀掉张良娣的一个儿子，张良娣抓住这个把柄，开始给肃宗吹枕边风，说李俶连自己的兄弟都敢杀，将来说不定会干出什么事呢。大臣李辅国也捏造事实，诋毁李俶。肃宗一气之下就下旨杀死李俶。李俶非常耿直，圣旨一到，他立马赴死，毫不犹豫。

齐王李俶死了，冤死在他父亲的手上。

肃宗后悔了吗？

一天，李泌和肃宗谈起李俶，肃宗有些不自在，找了个借口说："危难时刻李俶出了力，但受人挑拨，图谋伤害他的兄长，我为社稷考虑，才忍痛除掉他。"

李泌摇头说："不对，陛下是被谗言所误。他们兄弟二人一直关系亲睦，至今广平王李俶提起弟弟李俶，总是痛哭不已。"

唐肃宗流下悔恨的泪水，说："事已至此，无可奈何。"

唐代宗是肃宗的长子名李豫。他有没有悔心事呢？

唐代宗在无奈中，以欲擒先纵的高超手腕处置了让他悔心的人。

唐代宗的父亲唐肃宗是在张皇后和李辅国的绑架下理政的。肃宗病危时，张皇后背地里勾结越王李系，准备废黜太子李豫。宝应元年（762）四月十六日，张皇后矫诏召见李豫。宦官李辅国、程元振知道皇后的图谋，派兵在凌霄门，保护李豫到禁中。当晚，李豫就软禁了李系、张皇后等，肃宗受惊而亡。随后，程元振保护李豫登上了皇位。

这是喜事还是悲事？

李辅国认为对代宗有功，极为骄横，竟对代宗说："陛下只需深居宫中，外面的政事有老奴处理。"李辅国手握兵权，代宗只能委曲求全，尊他为尚父。不久，代宗派人扮作盗贼刺杀了李辅国，又假令追捕盗贼，慰问其家属。

代宗以铁腕手段扳倒了第一个让他悔心的人。

程元振是他要扳倒的第二个悔心人。怎样才能扳倒呢？代宗深知程元振的野心，就给他高官，让他统领禁军。程元振利用职权谗害朝臣，不久就失去了人心。代宗看到废黜程元振的时机成熟，立马根据太常博士柳伉的建言，将程元振削官放归田园，后流放溱州。

第二个让代宗悔心的人又被扳倒了。

大历五年（770），代宗又与元载密谋，诛除权倾朝野的观军容使鱼朝恩。元载因此得势，他专权跋扈，专营私产，恶贯盈满。大历十二年（777），代宗定计，命左金吾卫大将军吴凑逮捕元载，将其诛杀。

唐代宗扳倒这些野心家的手腕，正如明清之际的思想家王夫之所说，代宗让"李辅国恶已极而杀矣，程元振恶已极而流矣，鱼朝恩恶已极而诛之；俄顷矣，假手元载以杀朝恩，复纵元载以极其恶，而载又族矣"。这正是"将欲取之，必固与之"。

刘晏是唐德宗时期的理财专家，却遭到宰相杨炎的百般诋毁，德宗听信谗言，下诏处死了刘晏。事后，杨炎清点刘晏的家产，结果只有两车书、几斛粮食。兴元元年（784），德宗深深地感到后悔，将刘晏归葬，又封刘晏的长子为太常博士，少子为秘书郎。

刘晏的儿子要求给他父亲平反，德宗又追赐刘晏为郑州刺史，加司徒。德宗的悔心事就这样草草地处理了一下。

吐蕃尚结赞一手导演的平凉劫盟事件，应该是德宗最羞愧难言的一件悔心事。

平凉劫盟前，吐蕃尚结赞意欲除掉唐朝的三位大将，即马燧、李晟、浑瑊，采用的手段一是拉拢，二是离间，三是劫持。拉拢瞄准的是马燧，离间针对的是李晟，劫持则对准了浑瑊。吐蕃派使臣用谦言卑词劝说马燧，假意求和，马燧信以为真，被成功拉拢。吐蕃又以两万军马直抵凤翔城下，不行抢掠而是高喊："李令公召我来，何不以牛酒犒劳？"李令公即李晟。吐蕃制造假象，说李晟已经和他们串通好了。这明显是欺骗唐朝官员，结果唐德宗信以为真，下令夺了李晟的兵权。吐蕃下一步要做的就是劫持浑瑊，劫持以会盟的方式实现，地点定在平凉。其间，李晟、柳浑多次提出反对意见，认为平凉会盟是尚结赞设下的圈套，不能上当受骗。德宗不信。尚结赞以假求和骗取唐德宗信任后，浑瑊到了平凉。会盟的那天早上，德宗在朝廷上说："今日和戎息兵，社稷之福。"柳浑说："戎狄豺狼，非盟誓可结，今日之事，臣窃忧之。"德宗发怒说："柳浑书生，不知边计。"傍晚，消息传来，吐蕃在平凉实施劫盟，浑瑊从幕后逃出，副使崔汉衡以下的唐朝使臣全都落入吐蕃之手；唐军战死五百人，被俘一千余人，且吐蕃已兵临近镇。德宗大惊，准备出逃。

平凉劫盟让唐廷蒙受耻辱，德宗不无羞愧地对柳浑说："卿书生，乃能料敌如此之审耶？"他大概也只能后悔地这样说了。

唐宣宗被后人评为"小太宗"，理政确实有方，但就是不立太子，魏徵的孙子、户部侍郎魏謩和大臣裴休等他最亲近的人曾苦苦相劝，他竟然说："若建太子，则朕遂为闲人。"大中十三年（859），唐宣宗五十岁，因一意孤行服食李玄伯等人进献的所谓长生不老药，疽发于背，病情越来越重，自知不久于世，匆忙密告枢密使王归长、马公儒等人，要立他的三子李夔为接班人，但这些人都没有斗过左军中尉王宗实。在他刚闭上眼睛的时候，王宗实就领了一班人马把他的长子郓王李温拥到皇位上，是为唐懿宗。没想到这个皇帝爱游乐，让大唐走向了支离破碎的境地。若宣宗地下有知，定后悔不已。

　　唐宣宗的悔心事因迷恋皇权而生。不立太子，就是想在自欺欺人的长生梦中保住手中的权力，结果命归黄泉，"大中之治"结束。

帝王的善政之举

历史是一条长河，在这条长河中，泥沙俱下，鱼龙混杂，善恶同在。

帝王善良吗？

帝王的世界观决定了他们的精神世界善恶并存。善有善政，恶有恶政。善恶之政都表现在治理天下的霸业之中。治理天下到底是为了谁？毫无疑问，是为了他们的家族，为了他们的子子孙孙。怎样才能把天下治理好？帝王们也很清楚，就是要从善。

善心即民心，顺应民心地治理天下，就是善政之举。可惜帝王的善政之举都是他们理政生涯中偶尔闪现的火花。

唐高祖初登帝位，天下未平，李密、窦建德、王世充等十八路反王逐鹿中原，各骋其志。唐高祖在朝堂上处理政事，自称其名，和群臣同榻而坐。这一点很了不起，说明唐高祖还没有把自己看作皇帝而高高在上。大臣刘文静有点看不惯，劝谏说："这样不好，现在您是皇帝，他们是大臣，您和他们同榻而坐，这是贵贱失位，非长久之道。"唐高祖说："汉武帝与严子陵共寝，严子陵把脚都放在了武帝的肚子上。现在，诸位都是有名的大臣，是我平生的好友，我怎么能把以往的情谊忘掉呢？"

与大臣联手打天下，与大臣同榻理朝政，是为政之善的表现。

此时，唐高祖的生活并不是不奢华，但他能接受大臣的真诚劝谏。万年县法曹孙伏伽就上表提醒他说："臣见陛下今日即位，明日就有献幼鹞的人，玩鹞是少年干的事，不是圣主所需要的。另外，百戏散乐，是亡国淫声。最近太常在民间借了五百多套妇女裙襦，充作歌伎之衣，准备在五月五日到玄武门演戏，这可不是子孙后代应该效法的事。凡是这类事，理应全部罢废。"高祖阅读奏章后非常高兴，立马将孙伏伽提拔为治书侍御史。

唐高祖说："战场上打仗，刀枪是不认贵贱的。所以征战的功劳，又有什么等级呢？应该按照具体表现加以赏赐。"所以，他在论功行赏时，能一视同仁。军士要求回乡，他都颁给五品官的名衔。有人觉得他做得太过，劝说他不要滥给官位。高祖说："隋朝的君主失去民心，就是因为舍不得论功奖赏。我们怎么可以效法他们呢？用官位来收揽民心，比用兵更好。"

但是，唐高祖的善政并没有贯彻始终。

唐太宗大有善政。唐太宗的善政有着深刻的民本思想。武德九年（626）八月甲子日，太宗刚登上皇帝之位，就与大臣们商讨皇族子弟封王的事。当初，高祖想以加强皇室宗族的力量以威震天下，所以与皇帝同曾祖、同高祖的远房堂兄弟以及他们的儿子，即使是儿童都封了王。

为此，太宗征求群臣的意见："把皇族子弟全封为王，对天下有利吗？"封德彝回答道："上皇厚待皇亲国戚，大肆分封宗室，自汉代以来都没有这么多。封给的爵位已经很高，又多赐给劳力仆役，这恐怕不能向天下人显示自己的大公无私吧！"太宗说："有道理。朕做天子，就是为了养护百姓，怎么可使百姓劳苦来养护自己的宗族呢！"十一月庚寅日（初五），唐太宗将大部分宗室郡王降格为县公，只有几位功勋卓著的人没有降。

以减轻百姓劳役为目的，大刀阔斧地降低家族成员的待遇，这不能不说是善政中的善政。

贞观二年（628），关内大旱，许多百姓卖儿卖女换取衣食，太宗下诏让官员从御府里拿出金帛赎回百姓卖出去的子女，让其回家。又因上一年涝灾，今年旱灾，大赦天下。太宗入苑中，见蝗虫，抓了几只说："百姓视稻谷为生命，你却把稻谷吃了。朕宁愿你啃噬我的肺肠，也不愿你危害百姓。"说着就要吞下这几只蝗虫。大臣们立即劝谏说："这是恶物，吃下去会生病的。"太宗说："朕只希望把灾祸转移到我身上，还怕什么疾病？"

贞观二年（628）九月，天旱少雨，中书舍人李百药上书说："往年也放出过宫女，但我听说太上皇宫内与掖庭的宫女比较多，这不是白白耗费衣物粮食吗？"太宗说："妇人们常年锁在深宫里，实在值得同情，洒扫庭除之外，还有什么用呢？应当让她们全部出宫，另寻配偶。"于是让尚书左丞戴胄、给事中杜正伦在掖庭西门遣返宫女，前后共计三千余人。

唐太宗能为百姓着想，实属不易。

贞观四年（630），名将李靖夜袭阴山，彻底打败了不可一世的东突厥，抓住了颉利可汗，带回了十万俘虏。就如何安置这些东突厥人，朝堂之上发生了激烈的争吵。争吵者有五人，他们是魏徵、温彦博、颜师古、李百药、窦静。

中书侍郎颜师古的意见是，把他们全部从塞外迁到河北，但不能让他们相互统属，要给他们设立不同的部落酋长，防止他们拧成一股绳。

礼部侍郎李百药认为，与其把十万突厥俘虏安排在河北，不如安排在定襄等地，让他们为唐朝守护边疆。

夏州都督窦静的意见是，把这些外族留在中原，对大唐没有什么好处。不如让他们留在边疆，分成不同的部落，让他们相互牵制，相互争斗，从而失去攻打大唐的精力。

中书令温彦博认为，突厥人既然归顺了大唐，就应该把他们迁到内地，让他们放弃放牧的传统，效仿中原人农耕，再教他们礼仪，数年之后，他们就被汉人同化，彻底变为大唐的子民。

秘书监魏徵想得更远，他认为既然不忍心杀了这十万俘虏，就不能让他们留在中原。因为数年之后，十万人就变成了二十万人。在唐朝腹地，他们如此成倍增长，必将成为心腹大患。

朝堂上，温彦博和魏徵争论得不可开交，魏徵以五胡乱华为例，反驳温彦博，而温彦博以东汉与南匈奴的和睦关系反驳魏徵。

唐太宗毕竟是一代仁君，最终听取了温彦博的意见，下令把十万俘虏安置在东至幽州（今河北、天津、北京一带）、西至灵州（今宁夏灵武）这片土地上。

贞观十八年（644），突厥弥泥熟俟利苾可汗北渡，有众十万，胜兵四万不愿意跟他走，就南渡黄河，请求唐朝把他们安置在胜州和夏州一带。唐朝大臣们认为不可，因为胜州和夏州离京城近，有后患。唐太宗说："夷狄亦人耳，其情与中夏不殊。人主患德泽不加，不必猜忌异类。盖德泽洽，则四夷可使如一家；猜忌多，则骨肉不免为仇敌。"唐太宗表现出友善、包容、宽仁的胸怀，促进了民族大融合。

唐朝帝王的善政，往往表现在登基之初。某些帝王在登基时，年富力强，雄心勃勃，确有治理好天下的强烈愿望。他们在做太子时韬光养晦，嘴里不说，但心里非常清楚他们的父亲理政时存在种种弊端，这些弊端已成为社会的毒瘤。他们一登基，就举起大刀，以强硬的手段摘除这些毒瘤，以求扭转乾坤。这个时候，善政之举会闪现出绚烂的火花。

唐德宗一登基就下诏遣散梨园使及乐工三百多人。梨园是唐朝戏曲班子的别称，始设于唐玄宗，主要职责是训练乐器演奏人员，让他们在帝王宴饮之时奏乐助兴。唐德宗登基后，就把这个戏曲班子的人员裁掉了三百多人，减少了宫中冗食之人。他又诏令遣散宫女一百多人。

大历十四年（779）五月丙戌日，德宗颁发诏书："泽州刺史李鹗献《庆云图》。朕认为时和年丰为吉祥，大臣们以推举贤能忠臣为好兆头，而如庆云、灵芝、珍禽、奇兽、怪草、异木，对人没有什么好处！通告天下，从今以后，这类东西不许进贡。"

就在此时，内庄宅使对德宗说各州有一万四千多斛官租，德宗下令分给当地做军粮储备。

起先，各国多次进献驯象，有四十二头，德宗说："豢养驯象花费很大，而且违背了动物的本性，有什么用处呢？"于是下令将驯象放到荆山南麓，豹、貀、斗鸡、猎犬之类的动物也都放掉。

唐德宗如此理政，朝廷内外都很高兴，淄青的士兵甚至扔掉兵器，互相看着说："明君出现了，我们还造反吗？"

唐德宗还严厉地处置收受贿赂的官员。

唐代宗不只纵容宦官收受贿赂，甚至鼓励宦官收受贿赂。《资治通鉴》记载，唐代宗宠幸宦官，宦官四处受贿。他们收了多少贿赂，代宗是要过问的。为什么要过问？因为要给他上交一部分。代宗榨取钱财，连妃子、家人都不放过，当他得知妃子、家人赏赐给太监的钱财少了，就会发怒，妃子们吓得拼命补钱。

唐德宗则严厉处置受贿人员。

他即位当年的闰五月，派宦官到淮西，给节度使李希烈颁赐旌节。此人回京后，德宗得知，李希烈不仅送他七百匹缣、两百斤黄茗，还送他骏马和奴婢。德宗大怒，将其杖责六十后又处以流刑。此事传出京城，那些奉使出京的宦官在回京的路上都悄悄地把礼物扔到山谷之中，再也不敢收受贿赂。

德宗又诏令，宗庙祭祀时，需要的山南枇杷、江南柑橘，每年只许进贡一次。他连续颁布诏书，废止南方一些地方每年向宫中进贡奴婢和春酒、铜镜、麝香等，命令天下不得进贡珍禽异兽，甚至规定银器不得加金饰。

唐德宗清明节俭，为他当朝理政开了个好头，可惜没有坚持下来。虎头蛇尾的原因很多，有浓重的封建意识、荒淫的政治生态以及个人的道德素养等。

唐武宗有许多善政，尤其表现在他对官吏的管理上。唐朝的官吏因官俸不多，加之许多地方薪俸发放不及时，官吏养家糊口就成了难题，因而心生他念，刻剥于民。唐武宗于开成五年（840）三月即位，即位不久，就着手处理官吏的贪腐问题。解决的办法是调整百官俸料。先给河东、陇右、鄜坊、邠州等较远地方的官吏加俸，命令户部以实物及时支遣。为了防止出现发放不及时等现象，每个地方，他都派观察判官专门负责这项工作，如果有违规，就严惩观察判官，从而保证官吏队伍的稳定、清廉。

会昌元年（841）正月，武宗下诏："朝廷刑罚，理当一视同仁，官吏贪赃枉法，不应该有特殊待遇，内外文武官如果收赃物丝绢三十匹，全部处以极刑。"二月二十六日再次下敕，对官吏贪污满千钱者处以死刑。武宗当政期间，对官吏贪污的惩治始终没有放松。会昌二年（842）四月，将官吏犯赃与十恶、叛逆、故意杀人等罪行并列，不在赦宥之列。

唐武宗的善政使唐朝一度出现中兴局面，史称"会昌中兴"。但他好食仙丹，难免出现暴政。

唐宣宗的善政表现在用人上，故事很多。一次，宣宗在苑北打猎，遇见一个樵夫，就问："你是哪个县的人？"樵夫说："是泾阳县的。"又问："县令是谁？"樵夫说："李行言。"宣宗问："他为政如何？"樵夫说："李行言性格刚直，有十几个盗贼躲藏在一个军官家中，他去要人，军官不给，便以窝藏罪将那个军官一起杀掉。"宣宗回朝后，就把李行言的名字贴在寝殿的柱子上。冬，十月，李行言被提拔为海州刺史。李行言入谢，宣宗赐给他紫衣，并问："你知道我为什么赐给你紫衣？"李行言说："不知道。"宣宗就取下寝殿柱子上的名帖给李行言看。

由此可见，唐宣宗用人善于听取民间的声音。

唐宣宗用人特别注重一个人的现实表现。他在为唐宪宗送葬的路上遇到大雨，百官和六宫的人都跑去避雨，只有山陵使一人牢牢地扶着灵车不离开。此人的这一表现被宣宗记在心里。他问白敏中："这个人是谁？"白敏中说："是令狐楚。"宣宗问："他有儿子吗？"白敏中回答说："他的长子令狐绪是随州刺史。"宣宗问："令狐绪可以任宰相吗？"白敏中说："令狐绪少年就得了风痹。令狐楚的次子令狐绹从前任湖州刺史，有才器。"宣宗随后便提拔令狐绹为考功郎中、知制诰。

唐宣宗将令狐楚忠于职守的行为看在眼中、记在心中，并作为任用他儿子的主要依据，实属难能可贵。

唐宣宗严格控制对高官的任命。唐朝官员职务的高低，是通过服装颜色区分的。三品以上官员服紫色，四品官员服深绯色，五品官员服浅绯色，六品官员服深绿色，七品官员服浅绿色，八品官员服绿色，九品官员服深青色，流外官及庶人服黄色。由此看来，服紫色、绯色者为高官，所谓的赐紫赐绯即任命高官。宣宗极为重视紫衣、绯衣，轻易不会把这两种颜色的衣服授给官员。侍从官常备紫、绯二色衣服相随，但有时半年也未赏出一件。他授官爵的原则是，不到规定时间不授，没有政绩不授，从来不以个人好恶或关系亲近而授。

帝王身边的近臣

到皇帝身边工作是唐朝读书人日思夜想的事，因这份期盼，他们苦读，苦学，苦钻研。明知伴君如伴虎，但他们仍孜孜以求。

皇帝也需要有人陪伴，给他出主意、写文书、下命令、带兵打仗，帮他治理国家、管理人民。皇帝也需要一些人给他演戏、唱歌、说段子，逗他取乐。皇帝还需要几个溜须拍马的耳目官，为他刺探情报，说顺情话，助威解围。

皇帝的爱好就是各色人物努力的方向。

正直的读书人想到皇帝身边，是为了治国理政，所以他们从小就通过读书提高自己。读书是他们最大的兴趣爱好，读书使他们感到快乐，快乐到了"绿满窗前草不除"。他们希望有朝一日能成为朝廷的官员，能到皇帝身边显一显自己的本事，将家事、国事、天下事都纳入自己的思考范围。"朝为田舍郎，暮登天子堂"是他们最大的愿望。

这些读书人满怀期望地来到京城参加考试，但能考中的人很少，考中了能到皇帝身边工作的人更是少之又少。但是读书人为了实现自己治国平天下的理想，矢志不渝，一次考不中再考，再次考不中还考，一直考到"视茫茫，而发苍苍，而齿牙动摇"。

那些考中的读书人还要到基层锻炼，一步一步往上走，才有可能来到皇帝身边。比如王维，于开元九年（721）考中进士，开元二十五年（737）赴凉州河西幕府任监察御史兼节度判官。监察御史是朝廷的高官，但王维此时被安排到凉州河西幕府工作，远离京城。开元二十六年（738），他自河西回到长安，仍为监察御史。王维终于来到天子脚下，但是此时距他考上进士已经过去了十七年。

王维的仕途很不顺。安禄山攻入长安，玄宗仓皇逃往四川，王维被安禄山大军俘虏。被俘后，因他的诗名太大，安禄山就派人接他到洛阳，关押在菩提寺，硬要任命他为给事中。王维有气节，不接受，称病以逃避麻烦。唐军收复长安、洛阳，王维与其他陷贼之官均被收系在狱中，之后押到长安。按律王维当死，但因他被俘时曾作诗《凝碧池》，抒发了亡国之痛和思念朝廷之情，又因其弟刑部侍郎王缙平叛有功，王缙请求把自己的官职降低一等，并愿意到边远的地方任职，为兄赎罪，王维才得以被宽宥，降为太子中允。

王维如此忠君，但至死也没有到皇帝身边工作。唐肃宗执政晚期，王维得到了他一生中最高的一个官阶，就是尚书右丞，即尚书省的执行官，此时是唐肃宗上元元年（760）。上元二年（761），王维上《责躬荐弟表》，请求削去自己全部官职，回归田园，并请求让他的弟弟王缙从河北回到京师。

在唐朝，有如此经历的读书人比比皆是。可以说，凡名垂青史的读书人都有如此曲折的经历。在诸多困难和挫折中，最可怕的是嫉贤妒能之人。

五代人孙光宪的《北梦琐言》中有这样一个故事。太子少傅白居易当时文章第一，却没有晋升到重要的岗位。刘禹锡在大和年间担任太子宾客时，与李德裕同在东都洛阳任闲职。刘禹锡拜见李德裕时问道："近来得到过白居易的文集吗？"李德裕回答："倒是有人把他的文集送给我，但我只收藏没有看，今天给你看看。"白居易的文章装满了李德裕家的书箱，落满了灰尘。李德裕打开之后，未看又卷起来，对刘禹锡说："我和这个人比，有不足之处。他的文章写得精彩绝伦，但我不想看，因为我担心看了会让我惭愧，所以我不看。"

李德裕是唐朝杰出的政治家、文学家、战略家，但他也会嫉贤妒能。

皇帝需要人才，他给读书人提供了一个走近自己的途径，那就是制科考试。制科考试由皇帝亲自主持，亲自出题。他要亲自选拔真正有才能的读书人来到自己身边，帮他理政。制科考试没有规定时间，皇帝可根据需要随时进行。考试科目繁多，有八十余种，如才堪经邦科、贤良方正科、茂才异等科、直言极谏科、博学鸿词科、高蹈丘园科、堪任将帅科等，皆根据需要而定，无一定标准。打仗急需优秀将才，就设武足安边科；需要发掘治国良才，就设文以经国科。制科考试以时务策为主，即针对具体问题，考生给出自己的看法和解决方案。

杨国忠不能算是读书人，但他是玄宗朝的权臣，十分接近玄宗。杨国忠年轻时放荡无行，嗜酒好赌，受到亲族鄙视，三十岁时前往西川从军，任期满后，因贫困依附于蜀地大豪鲜于仲通，后担任扶风县尉。天宝四载（745），杨国忠族妹杨玉环被册封为贵妃，杨氏姐妹日益受宠。剑南节度使章仇兼琼与宰相李林甫有仇，想让鲜于仲通前往长安结交杨家。鲜于仲通推荐杨国忠。章仇兼琼便征辟杨国忠为推官，让他到长安进贡。到长安后，杨国忠把礼物分给杨氏诸姐妹，并说这是章仇兼琼赠送的。杨氏姐妹便在玄宗面前为杨国忠和章仇兼琼美言，并把杨国忠引见给玄宗。玄宗任命杨国忠为右金吾卫、兵曹参军。从此，杨国忠平步青云，身兼十五个使官，成为朝廷的重臣。杨国忠为相时专断朝政，贿赂公行，好大喜功，穷兵黩武。周谷城评价他"据中枢以为害天下，其恶不堪以言语形容"。

长孙无忌是唐太宗的妻哥，生性聪明，勤奋好学，博通文史，为唐太宗剪除李建成和李元吉立了大功，却在立李治为太子上表现出明显的偏私。李治是长孙无忌的外甥，太宗每次问起太子，长孙无忌都力挺太子，极言其好。太宗说担心太子仁弱，恐不能守社稷，而吴王李恪英气果决，很像自己，想立其为太子。长孙无忌坚决反对。

一天，太宗亲临两仪殿，太子在旁侍奉。太宗对众大臣说："太子的性情，外面的人可曾听说？"

司徒长孙无忌立刻说："太子虽然没有出宫门，但天下人无不敬仰其德行。"

太宗说："我像李治这个年龄，不能循规蹈矩、照常规办事。李治自幼就待人宽厚，古谚说生男孩如狼，担心他像羊一样。希望他稍大些，能够有所不同。"唐太宗直接指出了太子的缺点——懦弱和循规蹈矩,以期太子改进。

关键时刻,长孙无忌又顺势阿谀奉承道:"陛下神明英武,乃拨乱反正的大才;太子仁义宽厚,实为守成修德之才。志趣爱好虽然不同,但也各当其职分,这是皇天保护大唐国运而又降福于万民百姓。"

长孙无忌为了保住自己外甥的太子位,巧舌如簧、百般狡辩,甚至溜须拍马地对皇帝说:"陛下没有过失。"

八月十一日,太宗再次开会征询意见。他对司徒长孙无忌等人说:"人们苦于不自知过错,你可以为朕言明。"

长孙无忌仍溜须拍马:"陛下的文德武功,我们这些人承顺都应接不暇,又有什么过错可言呢?"

太宗很不高兴,说:"朕询问你们我的过失,你们却曲意逢迎使我高兴。"

此时太宗不但生气,而且失望。面对阿谀奉承的大臣,太宗毫不客气地说:"既然你们不说朕的错,朕倒想当面列举出你们的优缺点,以互相鉴戒改正,你们看怎么样?"众大臣急忙磕头称谢。唐太宗评价其妻舅高士廉:"涉猎古今,明正通达,面临危难不改气节,做官没有私结朋党;所缺乏的是直言规谏。"评价唐俭:"言辞敏捷,善解人纠纷;侍奉朕三十年,却很少批评朝政得失。"评价刘洎:"性格最坚贞,讲究利人;然而崇尚然诺信用,对朋友有私情。"

唐太宗所评价的都是他身边的大臣,都是历史上被评为正直的大臣。

唐太宗知道温彦博与魏徵不和，同时因魏徵直言劝谏给他带来难堪而心存不满。一次，唐太宗收到一封控告魏徵的信，说魏徵袒护亲戚。唐太宗就派御史大夫温彦博去查，结果没有发现证据。温彦博便对太宗说："魏徵做事不拘小节，不避开可能引起嫌疑的事，虽然没有私心，但也有可以指责的地方。"太宗就责备魏徵："从今以后，你做事也应当注意细节。"

贞观元年（627）十二月的一天，魏徵见太宗，说："臣听说君主和臣下好比手足同体，彼此之间要真诚相待；如果君臣上下都只注意小节，那么国家是兴是衰，还不能知道，臣不敢接受皇上这个命令。"太宗不好意思地说："我已经后悔了。"魏徵叩拜说："臣愿意为陛下尽力，希望做良臣，不做忠臣。"太宗说："良臣和忠臣有什么差别吗？"魏徵回答说："后稷、契、皋陶，他们与君主同心协力，共同享受尊贵荣耀，这就是所谓的良臣。龙逢、比干，在朝廷直谏，当面指出帝王的过失，自己被杀，国家也灭亡了，这就是所谓的忠臣。"

做良臣不做忠臣，振聋发聩，引人深思。

读书人的进仕之路

"万般皆下品，惟有读书高。"

读书人要赶上一个适合读书人生存发展的时代，不然读的书再多也没用。这就是读书人感谢隋炀帝的原因，他虽穷奢极欲，但他为读书人干了一件了不起的大好事，那就是设立进士科，建立科举制度，让天下读书人可以通过科举考试走上仕途，有施展才华的机会。这无论对个人还是对社会，都是一件很好的事。当然隋朝的科举制还不完善，到了唐朝贞观、永徽年间，科举制度发展完善，"缙绅虽位极人臣，不由进士者，终不为美"。在古代，考中进士是人生的一件大事、喜事。

但读书人考进士走仕途十分不易！在唐朝，从启程赶考到考中再到任职，过程非常复杂。启程赶考，如果是官学的生徒，"每年十月随物入贡"，即由地方送贡品进京的人把他们一同送到京城参加考试。如果是地方乡学和私学推举的乡贡，就得自己想办法进京考试。启程时，地方官员会欢送他们，但欢送是有目的的，一般是送有钱人的子弟，目的就是这个考生一旦考中当官，就成为他们攀附的人。

袁州宜春人卢肇，在武宗会昌二年（842）跟黄颇一同参加进士考试。袁州刺史看好黄颇，欲跟黄颇套近乎，特设宴热情招待。他没有把跟黄颇一同赴考的卢肇看在眼里，当然就不可能宴请他。出身贫苦人家的卢肇只能在半路上等黄颇。可就在第二年，卢肇考中状元的消息传来，那位没有邀请卢肇的刺史慌了手脚，得知卢肇近日回家省亲，急忙赶到城郊迎接卢肇。当时正值端阳节，盛大的龙舟竞渡活动将要举行，刺守便邀请卢肇一同观看比赛。卢肇不由感叹人情世故的巨大差异，当即赋诗一首，其中两句是："向道是龙刚不信，果然夺得锦标归。"这句诗表面上是在写龙舟竞赛之事，实际上表达了卢肇对人生的慨叹。

科举考试让天下寒士都有了进取的机会。王定保的《唐摭言》记载，唐高祖武德五年（622），陇西有三个考生，即李义琛、二弟李义琰及三从弟李上德。他们世代居住在邺城。李义琛出身贫寒，跟李上德住在一起。有一年，三兄弟去潼关，遇到大雪，饥寒交迫，没有住处。有一位咸阳的商人很同情他们，收留他们一起住。住了好几天，天才晴。李义琛三兄弟商议把所骑的驴卖掉，请商人喝酒以报答他。商人听到他们的打算，便不辞而别，并赠送了他们一些粮食。这弟兄仨最后都考上了进士。李义琛后来做了咸阳县丞，把那个商人请来，以平等的礼节待他。

考生到了京城并不是马上就参加考试，而是先走"行卷"之路，就是把自己写好的诗文做成卷轴，送给朝中显贵，以求扩大自己的影响，或者求得显贵的推荐。但找到这样的显贵很难，往往需要托门路。

薛用弱的《集异记》记载，王维是通过岐王，即唐睿宗的四儿子李隆范请求公主推荐的。本来公主事先答应推荐张九皋，王维也想让公主推荐，就把自己的想法说给岐王听。岐王说："把你过去写的诗选清越的抄十首，琵琶曲子怨切的准备一曲。五天后到我这里来。"五天后王维如约而来。岐王让王维换上华贵的衣服，捧着琵琶，一起到公主家。王维生得美且白，公主看见他，问岐王："这个人是谁？"岐王说："他是音乐高手，让他独奏一曲吧。"王维的琵琶弹得哀切。公主问："这个曲子叫什么名字？"王维说："叫《郁轮袍》。"岐王说："这个读书人不只精通音乐，诗词文章也没有人能超过他。"公主问："你有什么文章？"王维就把怀里的文章呈献给公主。公主读了王维的诗，非常吃惊地说："这都是我儿子和张九皋这些少年们读的，都说是古人写的，原来是你写的呀！"

王维换了衣服，坐在客位的首席，谈吐潇洒，在座的达官贵人无不赞叹。岐王说："今年京兆的考试，如果让王维做第一，绝对是全国的荣耀。"公主说："那为什么不让他参加考试？"岐王说："没人举荐他做第一，他是不愿意去考的。听说公主已经举荐张九皋。"公主笑着说："我其实不参与少年们的事。可是别人托我，我只好推荐。"公主对王维说："你确实可取，我一定为你尽力。"王维赶快致谢。最后，王维果然一举夺魁。

李亢的《独异志》记载，陈子昂是梓州射洪（今四川射洪市）人，在京城住了十年，没有谁知道他。陈子昂年轻气盛，不信自己出不了名，他决定另辟蹊径。当时市场上有一个卖胡琴的，要价很高。有钱的人看的很多，但不明白它的价值。陈子昂突然从人群里走出来说："我可以用一千缗交换。"大家惊讶地问："这东西有什么用？"陈子昂说："我善于弹奏这种乐器。我住在宜阳。明天我备酒，专门等候诸位。你们可以多请一些名人来。"第二天早晨，来了很多有名望的人。陈子昂捧出胡琴，对客人们说："陈子昂有文章好几百轴，跑到京城来，东奔西走，却不被人重视。这件乐器不是什么值钱的东西，怎么值得我放在心上？"于是把胡琴摔在地上。接着他把写在帛上的文章取出来，摆了两案子，分别赠送给客人。一天之内，陈子昂名满京都。一把胡琴为陈子昂敲开了显贵的门。

科举考试竞争十分激烈，忙活几年甚至几十年考不上的大有人在。按照李肇的说法，没有考中继续读书准备再考，称过夏，应该和现在的复读一样。

唐德宗年间的宋济就是这样的一个考生。一天，唐德宗私访西明寺，宋济在这里过夏。他戴着布头巾，端坐在窗下抄书。德宗忽然进屋说："请给我一碗茶水喝。"宋济说："壶里有开水，杯里是旧茶水，你泼了自己倒。"德宗又问："你在忙什么？"并问其姓名及排行。宋济说："姓宋，排行老五，正在读书准备应试。"德宗又问："你擅长什么？"宋济答作诗。德宗又问："听说现在的皇上也好作诗，你认为他的诗怎么样？"宋济说："皇上的诗意不好猜测。"没等话说完，皇上的车马来了。宋济吓坏了，赶快请罪。德宗说："宋老五很坦率啊。"礼部放进士榜那天，德宗让侍臣去看有没有宋济的名字。侍臣回来说没有他的名字。德宗又说：

"宋老五是很坦率。"有人讥笑宋济:"你忙乎啥呀?"宋济说:"就为了官袍忙呗。"

科举考试也有腐败。唐人郑处诲的《明皇杂录》记载,杨国忠的儿子杨暄,考进士时的主考官是礼部侍郎达奚珣,结果杨暄没有考中。达奚珣惧怕杨国忠的势力,不敢宣布他儿子落第。达奚珣的儿子达抚任会昌县尉。达奚珣就让达抚带着自己的书信拜见杨国忠,说明情况。达抚到了杨家门前,天刚五更,杨国忠正要去早朝,刚要上马,达抚就跑过去,在烛光下参谒。杨国忠以为儿子考中了,高兴地等着喜报。达抚禀告说:"奉我父亲的命令,报告宰相,您儿子没有考中。但是,不敢宣布落第。"杨国忠大声说:"我儿子还在乎一个进士吗?你们这些鼠辈!"说完上马扬长而去。达抚立即赶回去见父亲,说杨国忠仗势欺人,没法跟他说理。达奚珣没有办法,最终把杨暄录取在前几名。

唐代科举考试很严格,但也有幸运儿。王定保的《唐摭言》记载,李固言是凤翔农村娃,性格敦厚,考试没人荐举,只好独自参加京试,到了京城就住在表亲柳家。柳家的兄弟们经常嘲笑他,说他不明事理,不找举荐人还想考上是天大的笑话!亲戚们都在等他落榜的消息。这些表兄弟还恶作剧,偷偷写了"此处有屋出租"的字条贴在李固言的头巾上。李固言不知道,走在街上,看见的人都笑他。许孟容当时任右常侍,是一个没权势的官,不被人看重。李固言想"行卷"于人,跟柳氏兄弟商量。柳氏兄弟故意带他去见许孟容。许孟容说:"我是个闲官,没能力帮你,但是你,我记在心里。"万万没想到是,第二年许孟容做了主考官,李固言真的被录取为状元。

还有个考生叫牛锡庶。他性格文静，但不合群，考了几年都没考中。唐德宗贞元元年（785），他请算卦先生给自己算命，算卦先生说他明年就中状元。牛锡庶不信。次年八月的一天，牛锡庶偶然走到少保萧昕家门前，碰到萧昕拄着手杖散步。牛锡庶忙递上自己的名帖。萧昕独居，很希望有人陪伴，就把牛锡庶请到屋里，跟他聊天。看到牛锡庶的文章，萧昕非常赞赏。萧昕问："你听说谁任主考官了吗？"牛锡庶说："大家都说你很公正，肯定要主持这科考试。"萧昕说："若真是那样，你就是状元。"牛锡庶站起来致谢，没等坐下，有人驰马而来，传命萧昕做主考官。牛锡庶立即再拜，说："你刚才答应的事，天地都听见了。"萧昕说："我说过的话算数。"牛锡庶果然中了状元。

进士们的高光时刻

在唐朝，学子们一旦金榜题名，那可真是人生中的幸事。孟郊考中后，欣然提笔，一首《登科后》流传千古：

> 昔日龌龊不足夸，今朝放荡思无涯。
>
> 春风得意马蹄疾，一日看尽长安花。

这首诗在历史中流传，人们读到的是成功者的欣喜和欢乐，似乎未见有人批评。但另一位考生章孝标考中后的得意之作却遭到大诗人李绅的嘲讽。

章孝标是扬州人，据说他考了十年，最终以一首二十八字的《归燕词辞工部侍郎》被主考官庾承宣看中而金榜题名。

章孝标这个人很会来事，别人考不上都会写诗文讽刺主考官。章孝标没有这样做，而是呈上了一首《归燕词辞工部侍郎》：

旧垒危巢泥已落，今年故向社前归。

连云大厦无栖处，更望谁家门户飞。

庾承宣拿到这首诗后"辗转吟讽"、爱不释手，很为章孝标可惜。次年科考时，庾承宣极力推荐，章孝标终于及第，就写了一首《及第后寄广陵故人》寄给家乡友人。诗云：

及第全胜十政官，金鞍镀了出长安。

马头渐入扬州郭，为报时人洗眼看。

结果这首诗被李绅看到，李绅挥笔写了讥讽诗《答章孝标》：

假金方用真金镀，若是真金不镀金。

十载长安得一第，何须空腹用高心。

章孝标读后很羞愧。

金榜题名，让读书人大为风光。放榜是大事。王定保在《唐摭言》中说，放榜在南院。贴榜的地方是南院的东墙。东墙是特筑的墙，一丈多高，上面有檐，四周是空地。天尚未明，考官即从北院捧着榜去南院贴。宪宗元和六年（811），国子监的学子们从东面踏破了棘篱墙，把贴榜文的墙推倒了。后来先由礼部贴副榜，晚一点再张贴正式的榜文。

看金榜挤倒了一堵墙，考生的急迫心情跃然纸上。

唐朝科考有两类生员：一类是官学举子，一类是乡学和私学举子。官学举子叫生徒，乡学和私学举子由地方官员保送，叫乡贡。他们到京城要参加制科或常科考试。制科考试是皇帝下诏组织的考试，生徒多参加；常科考试是每年一次的正常考试，乡贡多参加，但乡贡也可参加制科考试。常科中的乡贡举子先要进行县级考试，合格者再参加州府考试。州府考试合格者就取得了州府荐送的资格，再去参加朝廷大考。州府荐送举子的过程，在唐代称为"解送"。解送人数有严格的规定。举子列名州府，就获得了州府荐送的资格，名为"取解"，十分不易。

落榜后，举子第二年如果还要参加考试，就得"再次取解"，否则就没有资格再次参加朝廷大考。唐朝的科考一般在每年二月，大约六月前张榜，落榜考生因路远回不去，就住在京城复读，叫"过夏"。他们多借庙院或闲宅居住，作新文章，谓之"夏课"。州府在秋天（七月）荐举子，那么落榜举子为了"再次取解"，就必须在这个时间之前把他们的新作交到州府，谓之"投献"或"秋卷"。

州府解送，时有冤枉学子的情况发生。被冤枉的学子常常会上书斥责试官。《唐摭言》记载，有个考生名华良夫，京兆府试官没有解送他，华良夫就给这位试官写了一封信："圣唐有天下，垂二百年；登进士科者，三千余人。（华）良夫之族，未有登是科者，以此慨叹愤惋。从十岁读书，学为文章，手写之文，过于千卷。"言下之意是，像我这样苦学的人，你不解送，于心何忍？

宰相李德裕很关心那些贫寒的学子，常常为他们参加科考创造条件。可李德裕是唐武宗的当朝红人，唐宣宗即位后，贬他到崖州做地方官。李德裕走后，贫寒的学子都怀念他，写诗说："八百孤寒齐下泪，一时回首望崖州。"

唐朝科考有明经科考和进士科考两项。明经科主要考儒家经典，进士科主要考诗赋和政论。一般来说，进士科的考试难度更大。唐宪宗元和中期，令狐楚镇守三峰，正值秋试，他便发布告说，要举行五场考试选拔人才。五场考试即诗、歌、文、赋、帖经。这可把考生吓着了，纷纷离去。唯有卢弘正要求参加考试。令狐楚命人给他安排住处，非常优待。整个考场只有卢弘正一个人，令狐楚就决定每天只考一场。卢弘正考完两场后，马植也来参加。马植是将门后代，同卢弘正争雄，人们就私下笑他不知天高地厚。但是令狐楚却说没准马植能得第一名。马植写《登山采珠赋》，这是进士考题。他写道："文豹且异于骊龙，采斯疏矣；白石又殊于老蚌，割莫得之。"令狐楚认为马植论述精当，就把第一名给了马植。

这真是一次残酷的考试，卢弘正在别人都望而生畏的五场考试面前毫不退缩，满怀信心地报考，志在必得，却不料半路上杀出个程咬金——马植，让他名落孙山，其痛苦的心情难以言表。

进士科考生一旦考中，是看不起明经科考生的。

考试科目也在不断调整中。《唐摭言》记载，唐高宗调露二年（680），考功员外郎刘恩奏请增加帖经和杂文的考试。这几种考试通过了，再参加策的考试。武则天垂拱元年（685），吴道古等二十七人中进士。发榜后，武则天批示说，大体上看了他们的策，没说明白问题，若严格按照要求，考中的只有一人。唐中宗神龙二年（706）才正式颁行三场考试的制度，增加了诗、赋的题目。但据卢言的《卢氏杂说》记载，唐文宗开成中期，高谐做主考官，从宫内传出题目《霓裳羽衣曲》，要求以赋为文体。在太学里设置诗的课程，这是进士考试增加诗、赋科目的开始。

唐朝科考一开始由吏部考功员外郎主考。考功员外郎是吏部下属的副职官员。由这个级别的官员主考，一段时间后就出了问题。

唐玄宗开元二十四年（736），考功员外郎李昂主考，他性格偏激，召集所有参加考试的学子，对他们说："大家的才华都体现在文章里，批阅卷子，一定大公无私。如果谁要请人说情，我一定让他落榜。"李昂的岳父跟参加考试的李权为邻居，就去给李权说情，想让他的女婿李昂照顾李权。李昂果然发怒，召集诸生，批评李权。李权谢罪说："我是个愚人，私下跟人说了这件事，但并没有求他说情。"李昂说："我看大家的文章写得都很好。但是古人说，好的玉石也可能有瑕疵，这是对的。假如文章中有不恰当的地方，我将向大家通报，好吗？"大家称是。李权走出来对大家说："李昂刚才的话，是冲着我来的。他这样对待我，我肯定落榜。"于是就暗地搜集李昂的过错。几天后，李昂果然把李权文章中的小毛病摘出来，写在榜文上，贴在闹市，羞辱李权。李权先向李昂行礼，然后说："礼尚往来。我的文章写得不好，我已经知道了。你的文章和言论，许多路人都听说过，咱们也切磋一下，可以吗？"李昂生气地说："有什么不可以？"李权说："'耳临清渭洗，心向白云闲'，这是你的话吗？"李昂说："是。"李权说："从前唐尧年老，倦于政事，打算禅位给许由。许由不愿听他唠叨，所以才洗耳。当今皇上年富力强，没有把皇位禅让给你的意思，你为什么要洗耳？"李昂听了这话，非常恐惧，就向上级申诉，说李权狂妄。结果李权被抓了起来。因为这件事，廷议认为考功员外郎职务不高，不足以让那么多读书人信服和尊重，此后便让礼部侍郎专管这件事。

虽说是礼部侍郎专管这件事，但皇帝时不时要干预。天复元年（901），唐昭宗刚刚平定内乱，听说开科取士，非常高兴，下诏从进士中挑选孤老贫穷的人，由他亲自任官。当年的主考官是杜德祥。杜德祥就选了曹松、王希羽、刘象、柯崇、郑希颜。曹松是舒州人，并没有真才实学。王希羽是歙州人，诗词、琴棋有较高的造诣。曹松、王希羽都是七十多岁的老头子。刘象是京都人，柯崇、郑希颜是福建人，都以诗考取，都六十多岁了，所以称这一榜为五老榜。

不管年龄大小，考中就是无上荣光。他们会按以下程序闪亮登场。

先是谢恩，由状元率进士们到礼部，下马缓行，列队侍立，把名单呈送给主管官。主事官就请状元等向主管官们行礼。状元还要出列致辞。主管官再宣布进士们的年龄，然后行大礼，感谢皇帝的恩典，感谢朝廷赏赐官服、官粮。

谢恩后是期集，进士们每天都要去期集院等待皇上的任职令，同时还要去主考官那里两次。

期集后是过堂。皇帝的诏命下来后，新考中的进士先在光范门东廊等候宰相。宰相就座后，进士们站成横排，面对宰相，由堂吏按名单唱名，报告礼部某侍郎（副长官）领新进士拜见宰相。之后，状元登阶而立，向宰相及考官们致谢词：某月某日礼部放榜，我们这些人考中了，这都是在宰相的教导下得的成绩。我们既惧怕你的尊威，又感谢你的栽培。状元致辞后，榜眼、探花、进士们再一一上前自报名次、姓名。

卢肇、丁棱中了进士。过堂时，状元卢肇因故不能出席，改由第二名丁棱致辞。但是他口吃，而且其貌不扬，见了宰相，本应表示"我等得中进士，应当感谢宰相栽培"。可是他汗流满面，只是说"棱等登""棱等登"，说不出后面的话。左右的人都笑。次日，有人取笑他说："听说你擅长弹筝，能给我们弹一曲吗？"丁棱说："哪有这事？"那人说："你昨天说棱等登、棱等登，不是弹筝的曲音吗？"

行礼结束，接着开宴。杏园宴之后，进士都去慈恩塔题名，公推一位字写得好的人，把他们的名字逐一写在上面，工匠再錾刻。过后，某人如果官做到将相，就要用朱笔把自己的名字重新描一遍，并在他的名字前加一"前"字，称前进士。

经过这一系列程序，礼部就算完成了科考任务，把这些进士们交给吏部。吏部员外郎（吏部主官的属官）先行问话，了解情况，然后由吏部授予证书，称为关试。下一步就是等待任命官职了。

在曲江宴上，科考成功之人欢天喜地，喝酒、泛舟、听歌、赏舞。宴会前，进士们骑马列队从大街上和河边走过，民众看，达官贵人看，看着看着，达官贵人们就争相品评，为自己的女儿选女婿。

唐文宗开成五年（840），李景让中进士。当时唐文宗病得厉害，宣李景让入宫游宴，赵嘏就写了一首《今年新先辈以遏密之际每有宴集必资清谈书此奉贺》送给李景让：

天上高高月桂丛，分明三十一枝风。

满怀春色向人动，遮路乱花迎马红。

鹤驭回飘云雨外，兰亭不在管弦中。

居然自是前贤事，何必青楼倚翠空。

一举成名的人春风得意，但是那些落榜的人呢？他们也许会愤恨，也许会继续发愤图强。

进士们的多样面孔

"朝为田舍郎，暮登天子堂。"

据说梁启超十岁的时候去广州应童子试。从新会到广州，水路走了三天，老吃蒸咸鱼，有人提议用咸鱼作诗或对子。一船人都难住了。梁启超率先说："太公垂钓后，胶鬲举盐初。"胶鬲是商朝人，隐居卖鱼，被周文王提拔。同船的人一听，个个咋舌。后人评价梁启超的这句诗："广东咸鱼从此翻身，入风流儒雅一类了。"

唐朝的举子，一旦考中进士，就咸鱼翻身了。

李翱是唐朝的文学家、哲学家、诗人，当时他出任江淮地方官。李翱地位很高，善提携后生。考生卢储送卷子给他，李翱待之以礼。李翱出去办事，就把卢储的文卷放在桌子上。李翱的长女已经成年，还看到桌上的文卷，研读再三，对婢女说："这个人准中状元。"李翱回来，听到女儿的话，很惊讶。他再看卢储的文卷，果然厉害，便让他的属官去卢储住的旅馆，说要选卢储做女婿。卢储谦辞再三，终于答应。来年京试，卢储果然考中状元。他马上赴婚，并作《催妆》：

> 昔年将去玉京游，第一仙人许状头。
>
> 今日幸为秦晋会，早教鸾凤下妆楼。

之后，卢储在官舍迎娶妻子。庭院花开，又作《官舍迎内子有庭花开》：

> 芍药斩新栽，当庭数朵开。
>
> 东风与拘束，留待细君来。

这是个得意的进士，得意的是不仅考中了进士，而且做了达官贵人的女婿。

唐玄宗开元二十三年（735），萧颖士考中进士。这个人自恃有才，看不起别人，经常携一壶酒去野外喝。有一天，他在郊外正自娱自乐地喝酒吟诗，突然刮起了狂风，下起了暴雨。一位穿紫衣的老人领着一个小孩在同一处避雨。萧颖士狂傲地看着老人，出言不逊。很快雨停云散，老人被接走，有侍卫在车马后面吆喝。萧颖士才知这是吏部王尚书，一时惊魂不定。第二天他写了封长信去向王尚书谢罪。王尚书说："遗憾你不是我的亲属，不然我一定狠狠地教训你。"

这是一个狂傲的进士，但这个狂傲的萧颖士，后来却狂傲得很有骨气。唐天宝年间，他任集贤校理。李林甫想见他，他置之不理，又作《伐樱桃树赋》讽刺李林甫。李林甫当然饶不了他，他也坚决不向李林甫屈服，李林甫就调他到河南府任参军。当时安禄山也得宠，萧颖士托病隐于太室山。安禄山反，萧颖士走访了几个藩镇节度使，陈述守御之计。永王李璘也曾请他，他不应，后客死于汝南。这个狂傲之士是个真学问家，身后留有一本《萧茂挺集》。

进士狂傲，狂傲的资本是腹有诗书。他们为了金榜题名而苦读，个个都是饱学之士。

乔彝在参加京兆府的考试时锋芒毕露。这个考试还不是进士科考，而是州府举荐之考。当时有两个考官，乔彝在中午时分拜见他们。试官让人领乔彝进来，他醉醺醺的，一看题目是《幽兰赋》，就不肯答，说："两个男人对坐在这里写什么《幽兰赋》？请改个题目吧。"试官就改题目为《渥洼马赋》，乔彝说这可以。后来人们就用渥洼指代神马。乔彝拿提笔留下"四蹄曳练，翻瀚海之惊澜；一喷生风，下胡山之乱叶"的名句。

贡生都如此厉害，进士就更厉害了。

袁州宜春有两个考生，即彭伉和湛贲，他们俩是连襟。彭伉中了进士，湛贲只做了县吏。彭伉成了进士后，老丈人喜气洋洋地为他设宴庆祝。参加的人都是当地的官员和名人。彭伉坐在首席，神气活现，宾客都很羡慕。湛贲来了，老丈人不给他面子，让他到后面的小屋吃饭，湛贲并不在意，可他的妻子受不了，生气地责备说："男子汉不上进，受这样的窝囊气还有脸见人？"湛贲很受触动，于是努力学习，没几年，一举考中。那天，彭伉正骑着驴在野外郊游，忽然家僮报告说湛贲考中了进士，他"啊"的一声从驴上跌下来，袁州人就取笑他："湛贲及第，彭伉落驴。"

牛僧孺中进士前，以文章谒见韩愈和皇甫湜。韩愈和皇甫湜看了牛僧孺的文章，认为他是个人才，就想提高他的名气，让他一举成名。怎样提高呢？两位大师想了个妙招。正好牛僧孺打算找一处房子。韩愈和皇甫湜考虑再三，建议他租寺院。牛僧孺照办。韩愈和皇甫湜又教牛僧孺，让他游青龙寺，晚一点回来。那天，韩愈和皇甫湜趁牛僧孺还没回来的空当，一起坐车到牛僧孺住的地方，在大门上题字"韩愈皇甫湜同访牛僧孺不遇"。名动京城的两个大人物都来见牛僧孺，牛僧孺一定是个了不起的人物。第二天，京城许多名人都去参观牛僧孺的住处，牛僧孺声名鹊起。有这两位大师如此用心举荐，牛僧孺还能考不中？考中后过堂（宰相接见），别的进士过堂，宰相们都是按一般礼节接待，可牛僧孺过堂时，宰相们都把屋子打扫得一尘不染。牛僧孺说："不敢，不敢。"别的进士惊奇不已。

牛僧孺如此风光，还保持着谦虚的态度。

唐宪宗元和二年（807），费冠卿考中进士。但他思念故去的父母，心情沉重，于是隐居于九华山。穆宗长庆年间，殿中侍御史李行修以费冠卿仁孝，请其入朝，做右拾遗。费冠卿没有应征。

元和十一年（816），李逢吉等三十三名进士都是贫寒之士。当时流传这样的话："元和天子丙申年，三十三人同得仙。袍似烂银文似锦，相将白日上青天。"李逢吉这个穷人家的孩子考上进士，一步登天。但此人生性忌刻、阴险狡诈，一朝得志，就玩弄权术。裴度讨伐淮西，李逢吉担心裴度一旦讨伐成功，会影响他的官路，便秘密阻止，说可以与淮西和议，让裴度不要去讨伐。唐宪宗知而恶之，就把李逢吉赶出京城，让他到剑南做东川节度使。

考中进士，能改变一个人的身份和地位，却不能改变一个人的本性。

大和二年（828），刘蕡参加殿试。他写的《策》有一万余字，探究治乱之本，引申春秋大义为佐证，抨击宦官权贵无所顾忌。考官明知刘蕡的才华，却不敢录取他。李邵是殿试取中的进士，看不惯朝廷如此践踏人才，就上书，要把自己的头衔让给刘蕡。但他的上书无人敢应。刘蕡虽然没有考中，但一个月内声名远扬。后来杨嗣复任考官，取刘蕡为进士。宦官仇士良对杨嗣复说："为什么趁国家考试的机会，放出这样的疯汉子？"杨嗣复回答说："殿试之前，刘蕡不疯。"

刘蕡是位诤言进士。

高锴做主考官时，裴思谦买通了宦官仇士良，索要状元。高锴在大厅里谴责他。裴思谦环视左右，厉声说："你等着，我明年春天就考取状元。"次年，高锴仍做主考官，告诫属员不得给裴思谦发卷。裴思谦怀揣仇士良的书信到贡院（考场），又换上紫袍，快步走到高台下，对高锴说："军容有信给你，举荐秀才裴思谦。"军容就是仇士良，时任北寺中尉、观军容使，人们称他为军容。大和九年（835）十一月二十一日，以诛杀宦官为目的的"甘露之变"失败后，仇士良指挥禁军杀害朝臣。此后，仇士良把持朝政，文宗成了傀儡。裴思谦自恃后台硬，公然要做进士科状元。高锴不得已，接过荐书说："已经有了状元，其他名次可以按照军容的意思办。"裴思谦说："我当面请示了军容，如果状元不给裴思谦，请你不要放榜。"高锴低头想了半天，说："那么我总得见见裴思谦这个人吧。"裴思谦说："我就是。"裴思谦相貌堂堂，高锴屈于宦官，只好答应了他的要求。

裴思谦是个无赖的进士，获得状元后，周游狎妓，赋诗自夸，气盛一时。他在《及第后宿平康里》一诗中不无羞耻地写道：

银缸斜背解鸣珰，小语偷声贺玉郎。

从此不知兰麝贵，夜来新染桂枝香。

崔沆中进士，授官主罚录事。主罚录事就是在酒场上主管喝酒规矩的官员。大概古人喝酒也有耍赖的，没人管，就乱了场子。进士们考中了，到曲江亭饮酒作乐，崔沆就给他们做主罚录事。同年考上的卢象请假，去洛阳参加邻居为他办的庆祝宴，住了很多天。卢象回来后，别出心裁地用轿车载着歌伎，穿着普通的衣服，牵着马笼头，恶作剧地吸引众多人围观，被教坊头目告发。崔沆就给他下了个判词，大略是说：你戴着普通人的帽子，跟在毡车旁边，寻花问柳之际，就断了同年的情谊。卢象刚中进士就这样胡闹，可知后来所作所为。

人性复杂，不是所有考中的人都是文明人。

进士们的家教家风

进士及第，如此荣耀，在唐朝，不乏一个家族中的多人考取。《传载故实》记载，唐文宗大和初年，冯宿有三个儿子冯陶、冯韬、冯图连续考中进士，连年登博学宏词科，为一时之最，累代未见。当时，冯姓考中进士的，全国共十人，而冯宿一家就占了八个。这八位进士分别是冯宿及其胞弟冯定，从弟冯审、冯宽，儿子冯陶、冯韬、冯图，冯审的儿子冯缄。

《新唐书·冯宿传》记载："冯宿，字拱之，婺州东阳人。父子华，庐亲墓，有灵芝、白兔，号'孝冯家'。"冯宿的父亲冯子华在父母墓边搭棚守丧时，有灵芝、白兔出现，人们就称他家为"行孝的冯家"。

这当然是一种传说，但是冯家一定有着良好的家教家风。

冯宿是在贞元年间，与弟弟冯定、堂弟冯审和冯宽一起考中进士的。后来他被任命为徐州节度使张建封的掌书记。

张建封自少慷慨尚武，贞元四年（788），唐德宗任张建封为首任徐泗节度使。他忠于职守，备受德宗宠遇，加官至检校尚书右仆射。尚书右仆射相当于宰相。检校尚书右仆射相当于宰相级的荣誉职务，也就是说，这种官职是皇帝赏给有功之臣的一个虚职，可以享受宰相待遇，却没有宰相的实权。张建封能得到这样的待遇实属不易。张建封确实有治军的能力，他镇守彭城十年，礼敬文士，名贤如韩愈等都为其幕客。张建封文武双全，他的诗也写得好，权德舆曾称赞其歌诗有王粲的气质、刘琨的清拔。贞元十六年（800），张建封得了重病，请求朝廷派人接替他的节度使职务，结果新任徐泗行军司马韦夏卿尚未到任，张建封就在徐州病逝。

张建封病逝后，他儿子张愔被军人胁迫着主管留守事务。这明显是忤逆朝廷的事，可张愔没办法。这个时候，青州刺史李师古就想趁机收复原属于他的土地，张愔很担心。

李师古暴戾凶残，但再暴戾凶残也有能降伏他的人，这个人就是宰相杜黄裳。李师古害怕杜黄裳，便想办法拉拢杜黄裳。这个办法就是托人给杜黄裳送百万钱财和一辆以毛毡为篷的马车。派去送礼的人未敢贸然进入宰相府邸，而是在宅邸门旁观察，等待机会。有一乘轿子从相府里出来，两个随从的婢女穿着破旧的黑色衣衫。派去送礼的人就问周围的人："轿子上坐的是谁？"众人回答："是宰相夫人。"派去送礼的人急忙回去告诉李师古。李师古一听杜黄裳如此清廉，想着送礼也是白送，便放弃了行贿的念头。

在李师古想夺取张建封地盘的同时，另一个藩镇将领王武俊也集结军队想渔翁得利。这两个番将一旦勾结起来，张愔就危险了。面对如此形势，冯宿不能不管，他写信劝说王武俊："张元帅和您结为兄弟，想一起努力使河南、河北归顺皇帝，全国人没有不知道的。现在张元帅去世，年幼的儿子被军人胁迫，他现在既不受朝廷信任，又有外部强敌威逼，您怎么能袖手旁观呢？您如果能禀奏皇帝不忘张元帅过去的功劳，赦免张愔的罪，让他到朝廷请罪，那么您就有平定祸乱的功劳、挽救张家的恩德了。"王武俊很高兴，就奏请皇帝，任命张愔为留后。

冯宿的这一举动，既忠于朝廷，又回报了张建封的大德，不失为高德义举。

冯宿在朝廷内外有了声誉，有人就编故事诬陷他。韩愈在《答冯宿书》中说："公在当时众口腾谤者，忌其才高耳。"但冯宿不以小人所忌为悲，而认为"告我以吾过者，吾之师也"，真是堂堂男子汉。

冯宿的高德，得到了韩愈的赞誉。他说："孟子说，子路这个人，别人把他的过错告诉他，他很高兴。大禹听到有益的话，就给人家敬礼。舜帝总是与别人共同做善事，他向别人学种地，学做陶器，学捕鱼，一直学到做帝王，那个时候，他总是虚心地吸取别人的优点行善。冯宿就是如子路、大禹、舜帝这样一辈子都在做善事的君子啊。"

冯宿的胞弟冯定和冯宿名声一样大，也和冯宿一样，以孝行为先，正气浩然。他考中了进士，任集贤校理，因为守丧时哭坏了身体，多次请病假，大学士怀疑他懒惰，免去了他的职务。他到湖州拜见刺史于頔，于頔手下的官吏不肯通报，冯定掉头就走。于頔听说后，斥责了官吏，派人送给冯定五十万文钱。冯定拒收，写信责备于頔不礼敬士人，于頔很惭愧。

冯定之后任祠部员外郎，又出京任郢州刺史。有官吏告他强夺百姓妻子，侵吞仓库钱财，御史审讯后发现他无罪，但判他游玩饮宴不加节制，免职。冯定后升任太常少卿。唐文宗曾下诏排练《霓裳羽衣舞》，用《云韶乐》伴奏，在朝廷上检查。冯定率乐师站在宫殿里，神色庄重，像雕塑一样。皇帝感到惊奇，问学士李珏："这是谁？"李珏说："是冯定。"皇帝高兴地说："难道就是那个能写古诗的冯定吗？"于是召他上殿，赏给他宫中上好的锦缎，并命他献上所有的作品。冯定后升任谏议大夫。

谏议大夫就是敢于直言劝谏的官员。冯定任谏议大夫，一定具有不怕坐牢、不怕杀头、忠勇耿直的品德。

冯宿的儿子冯图连续考中了进士和博学宏辞科，官至户部侍郎、判度支。户部侍郎是副部级领导，判度支是主管朝廷财政的官员。在唐朝，这个官位是个肥缺，上任者极易贪腐。冯图清廉恪守。

冯宿的两个堂弟冯宽、冯审都曾为朝廷命官。冯宽曾任起居郎。冯审于开成年间任谏议大夫，后任桂管观察使，又当过国子祭酒、秘书监。冯审的儿子冯缄在乾符初年任京兆尹和河南尹。京兆尹和河南尹就是首都长安的市长和东都洛阳的市长，位高权重。

《唐摭言》记载："杨敬之拜国子司业，次子戴进士及第，长子三史登科，时号'杨三喜'。"一家出了三个进士，当然可喜可贺。家风不可考，学风一定不错。

萧颖士是个狂傲之士，但他狂傲得有骨气。他是开元二十三年（735）的进士。听说他很有才能，李林甫想见他，萧颖士拒见。当时他正在服丧，服丧期一过，李林甫就来了。萧颖士却哭着接见李林甫，李林甫十分生气。

萧颖士生一子，名萧存，是唐朝文学家，大有其父风度，曾任金部员外郎，相当于中央银行副行长，为户部尚书裴延龄所管。裴延龄奸佞，萧存很厌恶他，干脆辞官不干，归隐庐山，寄情于山水，认识他的人都赞扬他。萧存生三子，皆无禄早逝。三子中，只有次子萧东生有二子，都流落江湖。韩愈少时受萧存知赏。他从袁州入京任国子祭酒，途经江州，游庐山过萧存曾经隐居的地方，得知萧存诸子已去世，唯二女在，赋诗《游西林寺题萧二兄郎中旧堂》：

中郎有女能传业，伯道无儿可保家。
偶到匡山曾住处，几行衰泪落烟霞。

李翱，唐朝的大臣、文学家、诗人，据说他的儿子都不行，三个外孙却都考上了进士。《唐摭言》记载，李翱在合肥任官时，结识了一位道士。道士曾言他的外孙能当宰相。这三个外孙，一个是卢求的儿子卢携，一个是郑亚的儿子郑畋，一个是杜审权的儿子杜让能，他们都是出将入相的人物。母亲出自李翱家，李家的家风一定影响了卢家、郑家、杜家。

唐时，多位进士出自一个家族的还有包融、包何、包佶父子三人，窦叔向、窦常、窦牟、窦群、窦庠、窦巩父子六人，即"三包""六窦"。辛文房在《唐才子传》中说："历观唐人，父子如三包，六窦，张碧、张瀛、顾况、顾非熊，章孝标、章碣，温庭筠、温宪；公孙如杜审言、杜甫，钱起、钱珝；兄弟如皇甫冉、皇甫曾，李宣古、李宣远，姚系、姚伦等；

皆联玉无瑕，清尘远播。"

虽然同样的家教家风未必能培养出同样德才兼备的人才，但任何时代都需要良好的家教家风。

进士中的学霸

　　唐朝的状元中，还有比状元更厉害的学霸，那就是"连中三元"的考生。三元，即解元、会元、状元。解元是乡试第一名，会元是会试第一名，状元是殿试第一名。这三元，一元比一元难考，都能考中实属不易，一旦考中，堪称优等生中的学霸。

　　这样的学霸，自唐朝至清朝，据说只有十七人。唐朝有三个人，即崔元翰、张又新、武翊黄。

　　唐朝的科考是层层选拔人才。先是乡试，其实是州府试。州府荐送举子的过程称为"解"，第一名叫解元。州府荐送举子再到京城参加考试，京考有制科考试和常科考试。举子到京城一般先参加常科考试，即省试，这是礼部常设的考试，考中的为进士，第一名叫会元。考中进士后，皇帝为了笼络人才，又设制科考试，就是他亲自主持的考试，叫殿试。这个考试又分许多类，大概有文词类、军武类、吏治类、长才类、不遇类、儒学类、贤良方正类等。每一类又设十多个科。我们常听到的有博学宏词科，它属于文词类。但文词类不只有博学宏词科，共有十八科，包括文辞清丽科、文辞秀逸科、手笔俊拔科等。进士们想再升一级，就报名参加殿试，在殿试中自己选类、选科，第一名就叫状元。

《新唐书》中有崔元翰传、张又新传，没有武翊黄传。武翊黄是唐朝名相武元衡的儿子。

崔元翰，名鹏，博陵安平（今河北安平县）人。父亲崔良佐是齐国公崔日用的堂弟。崔日用就是帮助唐玄宗先后除掉韦皇后和太平公主的那个人。

崔良佐以明经科及第。唐朝京考分明经科和进士科。明经科考帖经，主要考查考生对儒家经典的熟悉程度，类似于现在的填空题。帖经比进士科考诗赋要容易些，所以有"三十老明经，五十少进士"之说。崔良佐擢明经第，虽低于进士第，但也是一位饱谙经史的人。他因丧母，隐居教书治学，多有著述。

崔元翰是崔日用的侄子。崔日用进士出身，由此看来，崔家是书香门第。崔元翰通经史，工诗文，于唐德宗建中二年（781）考取辛酉科第一名，此时他已年近五十。考官是礼部侍郎于邵，试题是《白云起封中赋》。崔元翰和弟弟崔敖、崔备同取进士科，兄弟三人名列一榜前列，一时传为佳话。

崔元翰在京夺得会元后，又参加殿试中文词类的博学宏词科、贤良方正科、直言极谏科考试，又取得第一名。主考官于邵赞曰："不十五年，当掌诏令。"崔元翰在贞元三年（787）任太常博士，迁礼部员外郎，贞元七年（791）任知制诰。知制诰是给皇帝起草文书的人，是皇帝最亲信的人。崔元翰在殿试取得第一名后，用了四年时间就到皇帝身边起草文诰，确实升得够快。

崔元翰是学者型的官僚，他一心系于翰墨，好学不倦，言辞温厚，举止庄重得体，有典诰之风范。然而他生性刚烈，喜独处，极少结交朋友，不为世所容。他任知制诰不到两年即被降职，不久病故。

崔元翰是中国历史上第一个"连中三元"的人，可以说是中国历史上第一位顶级学霸。可惜这位顶级学霸性格孤僻，英年早逝，流传下来的只有七首诗。

张又新，深州陆泽县（今河北深州市）人，是工部侍郎张荐之子。张又新"连中三元"，所以被称为"张三头"。张又新历任左右补阙、广陵从事，谄事宰相李逢吉。李逢吉生性忌刻、诡计多端、阴险狡诈，一朝得志就玩弄权术。唐宪宗知道后非常讨厌他，就把李逢吉赶出京城，让他到剑南做东川节度使。张又新受到牵连，被贬为江州刺史。后又依附李训，迁刑部郎中。李训死，张又新再次被贬，任申州刺史。他的官职最终做到左司郎中。

张又新嗜茶，著有《煎茶水记》。这位顶级学霸逢迎尘世一生，最后留下的也就这么一点宝贝。

武翊黄，河南缑氏（今河南洛阳市）人，才学惊人，三试独占鳌头，人称"武三头"。武翊黄入仕后，官至大理寺卿。大理寺是中央司法机构，掌管司狱定刑，长官为大理寺卿，从三品。

武翊黄能"连中三元"，与家庭出身和良好的教育背景分不开。他的曾祖父武平一长于文学。中宗李显立春日设宴招待近臣学士，武平一因应制诗写得好，中宗手批云："平一年虽最少，文甚警新……今更赐花一枝，以彰其美。"皇帝赐给学士的花，学士要把它插在头上。中宗连续给武平一赐花，武平一就把花左右交叉地插在头上，并起舞拜谢。当时，武平一是参加应制的近臣学士中最年轻的一个，可见其青年时期就有高深的文学造诣。武平一官至考功员外郎。

武翊黄的祖父武就官至殿中侍御史，著有文集五卷。《新唐书·艺文志》评价其"博洽文谊，周通宪法"。

武翊黄的父亲是武元衡，在唐宪宗执政时期官至宰相，是唐代著名的大臣。武元衡少时天资聪颖、才华横溢。建中四年（783）参加科举考试，因诗赋文佳，金榜题名，位列进士榜首。德宗李适很欣赏他的才华，让他任比部员外郎，即刑部下属机构的副职领导，掌本司籍帐，侍郎缺席时，员外郎可代其理职。因工作出色，武元衡一年内连升三级，官至左司郎中，可参政议事，发布号令。他常与德宗咨议国事，德宗赞其"真有宰相的才能"。他二度为相，主张强势对抗藩镇，不久就被番将李师道遣刺客暗杀，震惊朝野。

武翊黄深受家学熏陶，学养深厚，但《全唐诗》仅存其诗一首。

武翊黄晚年干了一件荒唐的事，他竟然和妻子的随嫁婢女薛荔谈起了恋爱。薛荔姿容俏丽，武翊黄对结发妻子越看越不顺眼，苛待妻子，受到舆论的强烈谴责，朝廷为此要贬他的官。当时的宰相李绅与武翊黄有同窗之谊，为他说情，但无济于事，最后武翊黄流落他乡至终。

顶级学霸沉迷于美色，史不立传，可惜可叹。

唐朝还有一个才子，名孙逖，是著名的诗人、政治家，博州武水（今山东聊城市）人。孙逖是"三擅甲科"的学霸。"三擅甲科"就是三次大考都是第一名。《登科记考》记载，孙逖在开元二年（714）参加了手笔俊拔科、哲人奇士科的考试。考中之后，孙逖被任命为山阴尉，不久后迁秘书省正字。开元十年（722），他又应制登文藻宏丽科。手笔俊拔科、哲人奇士科、文藻宏丽科都是皇帝亲自主持的殿试中文词类的考科。孙逖连试三场，场场第一，真是一位学霸。

孙逖这位学霸不同于崔元翰、张又新、武翊黄。史书上说他只是参加殿试三科考试的第一名，而不是"连中三元"，但三次殿试均为第一名更难得。后来，孙逖的名气要比他们三位大。

史载孙逖英俊有才，文思敏速。十五岁那年，他去拜见雍州长史崔日用。崔日用看不起年轻的孙逖，令其作《土火炉赋》。孙逖援笔成篇，文辞事理典雅富赡，崔日用看后大为惊叹，于是二人成为忘年交。吏部侍郎王乐令孙逖作《竹帘赋》以试其才。孙逖挥笔而就，文理精妙，王乐阅后惊叹不已，"降阶约拜，以殊礼待之"。孙逖文笔超群，得到玄宗器重，开元二十一年（733），入朝为起居舍人，开始记载皇帝言行和国家大事。当时海内少事，皇帝在每年十月一日举办赐群臣宴。宰相萧嵩会百官赋诗，由孙逖作序，孙逖能快速成篇，震惊四座。后来孙逖改任考功员外郎，第一年就选拔了杜鸿渐、颜真卿等人，他们后来都是唐朝重臣；第二年又拔取了李华、萧颖士、赵骅等人，他们都是闻名海内的才士。孙逖既是颜真卿的主考官，又为颜真卿做媒，因此颜真卿一直以其学生自居。

开元二十四年（736），孙逖拜中书舍人。这时他的父亲孙嘉之已八十岁，仍为县令，孙逖就向玄宗陈情说："我的老父亲现在已经年老，他幸遇明时，为朝廷奔波，但还是个县令。我从小就受到他的教育，现在接连升官，以致到了宫廷任职，而我父亲远远落在我的后面。我每思乌鸦反哺，深感惭愧。请陛下降恩让我到外地任职，给我父亲升一下官职。"玄宗"优诏奖之"，升授孙嘉之为宋州司马，并以此官职致仕。不久，孙嘉之病逝。

孙逖在当时文坛的地位很高，颜真卿称赞他"人文之宗师，国风之哲臣"。

进士与非进士的不同诗风

李白、杜甫都不是进士出身，可他们的诗名远远超过唐朝任何一个诗人。辛文房在《唐才子传·杜甫》中评价道：

> 观李、杜二公，语语王霸，褒贬得失，忠孝之心，惊动千古，骚雅之妙，双振当时，兼众善于无今，集大成于往作，历世之下，想见风尘。借乎长辔未骋，奇才并屈，竹帛少色，徒列空言，鸣呼哀哉！昔谓杜之典重，李之飘逸，神圣之际，二公造焉。观于海者难为水，游李、杜之门者难为诗，斯言信哉！

"双振当时"已为高评，"游李、杜之门者难为诗"震古烁今。

辛文房的《唐才子传》有一个奇怪的现象：在评论进士这类才子的诗作时，大都概括论之，很少引用他们的诗句；而在评论非进士才子的诗作时，大都引用了他们的诗句。这也许与这两类才子的诗风有关。

唐朝的进士与非进士这两类才子的诗风有什么不同呢？辛文房说"杜之典重，李之飘逸"，准确地概括出李白、杜甫二人不同的诗风。这种不同与性格有关，也与经历有关。李白通过贺知章的引荐来到皇帝身边，但他太爱喝酒了，醉酒后竟然让宦官高力士给他脱靴子。在朝堂不得志，李白便恳请还山，玄宗就赐他黄金，将他打发走了。"我本楚狂人，凤歌笑孔丘。手持绿玉杖，朝别黄鹤楼。五岳寻仙不辞远，一生好入名山游。……"李白游名山去了，但他其实还想做官，所以安史之乱爆发，永王李璘请他出山，他立马前往，不料再次惹祸受难。李白不得志且不愿受约束，便狂放不羁地写诗去了。

杜甫颇有政治抱负。他给唐玄宗写信，说："我是三国时期杜恕、魏晋时期杜预、唐高宗时期杜审言的后代，七岁就能写文章，至今已四十年了。如果陛下能重用我，我的述作虽不足以鼓吹六经，但也可以企及杨雄和枚皋。有臣如此，陛下您忍心抛弃吗？"玄宗想重用他，不想安史之乱爆发，杜甫避走三川。肃宗立，他又自鄜州（今陕西鄜县）赶往行在，被贼军俘虏。至德二载（757），逃至凤翔（今陕西宝鸡市），受到肃宗接见，被任命为左拾遗。杜甫与房琯为布衣之交，房琯兵败罢相，他上疏说："是小罪，不应该免房琯大臣的职务。"肃宗怒，诏三司追问，宰相张镐赶快进言说："如果治杜甫罪，恐怕要断绝言路。"肃宗这才放了他一马。杜甫探亲返回后任华州司功参军。司功参军负责考课、祭祀、礼乐、丧葬等琐事，为此杜甫十分苦闷。他的理想是"致君尧舜上，再使风俗淳"，他追求的是为国家发挥自己的才智。他的诗歌就在沉郁顿挫中表现出忠于朝廷、忠于皇帝的政治主张。

白居易，进士出身，他在《与元九书》中说："文章合为时而著，歌诗合为事而作。"意思是文章应该为时事而著，诗歌应该为现实而作。他说他的这个认识，是到朝廷做官以后，随着年龄的增长、阅历的增加，在探求治理国家的道理中得到的。此时唐宪宗刚刚即位，皇帝屡次下诏书，要求官员调查人民的疾苦。白居易说，他正是在这个时候升任翰林学士，又做左拾遗的。他要给皇帝写奏章，有些事可以直接陈述，有些事情不能直接陈述，如解除人民疾苦、弥补时政缺失，这些难于直接陈述的事项，他就写成诗歌，慢慢地让皇帝知道。同时，他写诗歌是为了报答皇帝的恩情，尽到谏官的职责，实现平生所追求的振兴诗道的愿望。白居易是这样说的，也是这样写的。他写了很多诗歌，就一个目的：补察时政之缺失，泄导民情之幽怨。他谨言慎行，即便如此，也屡遭诽谤。

唐朝大臣、诗人王建写宫词遇到了一件麻烦事。王建是大历年间的进士，一度从军，中年入仕，历任昭应县丞、太府寺丞、秘书郎、太常寺丞，累迁陕州司马。他曾写了一百多首宫词，大都反映宫廷中的琐事。皇宫是个禁区，宫廷内的事情一旦流传出去，是要追究责任的。《唐诗纪事》记录王建做渭南尉时，认识了一个太监王枢密，即王守澄，本来两人很投缘，还互认为本家。有一天，王建和王守澄一起宴饮，大概是喝多了，王建就谈起汉代桓帝、灵帝因为信任太监，发生了迫害知识分子的党锢之祸。王守澄是太监，他觉得王建是在讽刺自己，心里很不高兴，就对王建说："老弟所作宫词，天下人都传诵，皇宫是深邃之地，不知你怎么会知道这么多事情？"王建当时无从回答，心中害怕王守澄会给他罗列罪名。过了一两天，他就作了一首诗送给王守澄。诗曰：

三朝行坐镇相随，今上春宫见小时。

脱下御衣先赐著，进来龙马每教骑。

长承密旨归家少，独奏边机出殿迟。

自是姓同亲向说，九重争得外人知。

这首诗名为《赠王枢密》。意思是前代皇帝行走坐卧，你总是随从在他的左右；当今皇帝在东宫做太子，你看着他长大。皇帝换下来的御衣，只有你能穿上；外藩进贡来的良马，只有你能试骑。你接受密令，很少回家，还要留在殿里报告边塞军情。这一切事情，如果不是你这位本家老哥屡次对我讲，那么，宫禁森严，内里的事情外边人怎么会知道呢？

王建写这首诗，明显是拉王守澄下水。言外之意是，你胆敢告发是我把宫廷之事传出去的，那么我就说我知道的事都是你告诉我的。王守澄害怕被牵累，只好闭口不言。

由此可见，朝臣写诗是多么谨慎。辛文房在评价进士们的诗歌时，评语大都是"工诗，缜密而思清""至特工诗""正国音之宗派""诗情爽激，多金玉音"等，而很少引用他们的诗句。

辛文房在《唐才子传》中，对进士们的诗歌为什么只评不引呢？也许这与其选诗标准有关。"工诗"，是说诗写得很工整。"缜密"，是说诗的组织结构很严谨。"正国音之宗派",是说诗歌创作要遵从《诗经》六义的标准,发挥"可以兴,可以观,可以群,可以怨。迩之事父,远之事君,多识于鸟兽草木之名"的作用。孔子说:"质胜文则野,文胜质则史。"意思是质朴胜过了文饰,就会显得粗野,文饰胜过了质朴,就会显得虚浮。

进士们成为朝廷官员,谨言慎行让他们的诗歌创作中规中矩。唐朝刘肃的《大唐新语》中有这样一个故事。张说和徐坚同在集贤院当学士十多年了,两人爱好一致,意趣相投。一天,张说和徐坚一起讨论当代学士的文章。徐坚问:"现在的后起之秀中,谁的文章好?"张说答:"韩休的文章,有如美酒佳肴,词语典雅,但缺少韵味。许景先的文章,虽然肌肤丰满、华丽可爱,但缺少风骨。张九龄的文章,有如淡妆素裹,应时实用,但缺少润饰。王翰的文章,像华美的玉器,灿烂珍贵,但多有瑕疵。若能去其所短,扬其所长,也是一时之秀啊!"

韩休是宰相,许景先是进士出身,张九龄是开元名相,王翰在进士及第后又举超拔群类科,为秘书正字。他们都是大唐的官员,写文章如此,写诗也会如此。他俩讨论富嘉谟的文章时,张说说:"富嘉谟的文章,严峻峭拔、雄奇豪放、别具一格,他的这种言论,若用在议论朝政之中,必然引出大乱。"官员写诗文,因谨小慎微,会缺少韵味、风骨和润饰。

而非进士出身者就不一样了。他们放浪形骸、寄情山水,放纵是他们最大的性格特点,即使面对皇帝,他们也敢昌言无忌。

孟浩然怀才不遇,直言道:"不才明主弃,多病故人疏。"

沈千运数举不第，年老体衰，一气之下游历江湖，赋诗曰："不辞城邑游，礼乐拘束人。"

孟云卿，天宝年间考进士不第，气愤难平，写诗说："虎豹不相食，哀哉人食人。"

来鹄，又一位考进士不第的诗人，诗多讥讪。他写道："可惜青天好雷霆，只能驱趁懒蛟龙。"愤懑至极，不满情绪流露笔端。

文人们的雅聚之乐

唐朝拥有灿烂的文明，文人是那个朝代最活跃的一个群体。

唐朝的文人们一旦相聚，必然饮酒赋诗。饮酒未见比高低，赋诗一定要比个高低。那种激情四射、出口成章、信手拈来的诗句，装点了一个又一个热烈的场面。才华横溢、出手不凡，让那个时代的文人高高地站在历史潮头，高山仰止。

唐朝文人相聚，酒酣耳热，吟诗高歌，胜者叫擅场。

元人辛文房在《唐才子传·钱起》中有一段精彩的描述：

凡唐人燕集祖送，必探题分韵赋诗，于众中推一人擅场者。刘相巡察江淮，诗人满座，而（钱）起擅场。郭暧尚主盛会，李端擅场。缅怀盛时，往往文会，群贤毕集，觥筹乱飞，遇江山之佳丽，继欢好于畴昔，良辰美景，赏心乐事，于此能并矣。况宾无绝缨之嫌，主无投辖之困，歌阑舞作，微闻香泽，冗长之礼，豁略去之，王公不觉其大，韦布不觉其小，忘形尔汝，促席谈谐，吟咏继来，挥毫惊座。乐哉！古人有秉烛夜游，所谓非浅，同宴一室，无及于乱，岂不盛也！至若残杯冷炙，一献百拜，察喜怒于眉睫之间者，可以休矣。

　　唐人凡是宴请或送别朋友，都要出题限韵作诗一比高下，最后推出一位公认诗作得最好者为擅场者。"刘相巡察江淮，诗人满座，而（钱）起擅场。"刘相，即刘晏。唐代宗宝应二年（763）秋，刘晏准备赴江淮催转运，钱起在长安，与众人一同赋诗送别。在这些"探题分韵"的送别诗中，钱起所作最佳，公推钱起为擅场者。钱起的这首诗名为《奉送刘相公江淮催转运》：

　　　　国用资戎事，臣劳为主忧。

　　　　将征任土贡，更发济川舟。

　　　　拥传星还去，过池凤不留。

　　　　唯高饮水节，稍浅别家愁。

　　　　落叶淮边雨，孤山海上秋。

　　　　遥知谢公兴，微月上江楼。

　　全诗叙论结合，虽是壮行，却含悲情，工整而意深，实为佳作。

　　刘晏当时主管朝廷的财政，是政界炙手可热的大人物，一帮诗人为他送行。文化人得到了全社会的尊重，高官也离不开他们。

　　郭暧即郭子仪六子，他娶了唐代宗四女升平公主为妻。在郭暧尚主盛会上，众人赋诗吟诵，李端擅场。李端是唐朝"大历十才子"之一，被授秘书省校书郎，九品官，地位不高，却是进士们入仕首选的官职，因为它看似抄抄写写、校对图书等，但距离皇帝近，容易升官。李端却以清羸多病为由辞去了这个官职。后又做了杭州司马，但苦于文书烦扰，就隐居起来。他初到长安便名声大振，成了郭暧的馆中客。郭暧娶升平公主，场面盛大，主人酒酣，就请李端赋诗。李端顷刻而就：

　　　　青春都尉最风流，二十功成便拜侯。

　　　　金距斗鸡过上苑，玉鞭骑马出长楸。

　　　　熏香荀令偏怜少，傅粉何郎不解愁。

　　　　日暮吹箫杨柳陌，路人遥指凤凰楼。

　　这首诗名为《赠郭驸马（其一）》。"熏香荀令偏怜少"说的是东汉荀彧。他喜香，常将衣服熏得香香的，他去别人家，所坐之处三日仍有香气。所以用"熏香荀令"比喻官吏独具风采、风度优雅、美名远扬、为人敬仰。"傅粉何郎不解愁"说的是何晏。此人为三国时期曹魏大臣，才华出众，容貌俊美、白皙。魏明帝疑心他脸上搽了白粉。盛夏一日，魏明帝把他找来，赏他吃热汤面。何晏吃得大汗淋漓，用衣服擦汗。擦完汗，面容依旧白皙，明帝这才相信他没有搽粉。后来他娶了魏公主，拜为驸马都尉。李端赋诗引用这两个典故，都是在夸赞郭暖。郭暖甚喜，众人赏叹。

当时钱起也在场，有点不服气，说："这一定是你李端的宿构之作，请以我钱姓为韵再赋诗一首。"李端按照钱起的要求又献上了一首《赠郭驸马（其二）》：

> 方塘似镜草芊芊，初月如钩未上弦。
>
> 新开金埒看调马，旧赐铜山许铸钱。
>
> 杨柳入楼吹玉笛，芙蓉出水妒花钿。
>
> 今朝都尉如相顾，愿脱长裾学少年。

众人惊伏，郭暖厚赐金帛，李端终身以此为荣。

唐朝诗人的这种雅聚场面实在太多了。李肇的《唐国史补》记载："送王相公之镇幽朔，韩翃擅场。"这件事发生在大历三年（768），王相公被朝廷派去镇守幽州，钱起、皇甫冉、皇甫曾、韩翃同在长安赋诗送行。在这场赋诗大赛中，韩翃擅场。

王相公，即王缙，唐朝诗人，是尚书右丞王维的弟弟，曾两次出任唐朝宰相，在军界也任过要职。他以"才微位高""无益时事"，不应"无功增秩"等理由让出高位。安史之乱时王维被安禄山俘虏。战乱平息后，王维受审，王缙诚恳地要求免除自己的官职为兄长赎罪。王维得到从宽处理。兄弟情谊，世人称赞。

王缙赴镇幽州，路途遥远，诗人们相聚饯送，韩翃赋《奉送王相公缙赴幽州巡边》而擅场。韩翃，天宝十三载（754）进士。德宗时，缺少起草圣旨的人，中书省两次提出人选，德宗都不同意。再次请示，德宗批曰"与韩翃"。当时还有一个同名同姓者为江淮刺史，宰相请示到底是哪个韩翃，德宗批示说："春城无处不飞花韩翃也。"原来韩翃写过一首《寒食》：

> 春城无处不飞花，寒食东风御柳斜。
>
> 日暮汉宫传蜡烛，轻烟散入五侯家。

这首诗被德宗记住了，韩翃的名字也因这首诗被德宗记在心中。

韩翃的《奉送王相公缙》曰：

> 黄阁开帷幄，丹墀侍冕旒。
>
> 位高汤左相，权总汉诸侯。
>
> 不改周南化，仍分赵北忧。
>
> 双旌过易水，千骑入幽州。
>
> 塞草连天暮，边风动地秋。
>
> 无因随远道，结束佩吴钩。

"双旌过易水，千骑入幽州"描绘出一幅极具动感的画面。"塞草连天暮，边风动地秋"抒发了悠悠的离情别绪。

据说，唐朝大历以后，宰相以下者出行，如果没有钱起和郎士元赋诗送别，就会被世人鄙视。可见钱起和郎士元是当时写送别诗的高手。士林有言："前有沈、宋，后有钱、郎。"钱起的儿子钱徽也擅长写诗，外甥怀素擅长书法，真是"一门之中，艺名森出"。郎士元，天宝十五载（756）登进士第。安史之乱时，避难江南。后历任拾遗、补阙、校书等职，官至郢州刺史。他擅长五律，有名句"春色临边尽，黄云出塞多""河源飞鸟外，雪岭大荒西""马上相逢久，人中欲认难"等。其诗或凝练浑厚，或真切自然，为世人所称道。

但他们所写的送别诗，在格律工整中，确实没有多少实际的内容。这可能与他们面对的是高官这一特殊对象有关。

《唐才子传·温庭筠》记载："庭筠之官，文士诗人争赋诗祖饯，惟纪唐夫擅场。"温庭筠有一次在旅馆里与微服私访的唐宣宗相遇，因不认识皇帝，他竟然傲气十足地问宣宗："先生莫不是司马、长史之流吧？"又问："你是不是六参、主簿、县尉一类的官？"皇帝说："我不是。"宣宗回朝后就把他贬为坊城尉。温庭筠去坊城赴任，诗人们都来送行，探题分韵赋诗，纪唐夫赋《送温庭筠尉方城》：

何事明时泣玉频，长安不见杏园春。

凤凰诏下虽沾命，鹦鹉才高却累身。

且尽绿醑销积恨，莫辞黄绶拂行尘。

方城若比长沙路，犹隔千山与万津。

"凤凰诏下虽沾命，鹦鹉才高却累身"是说温庭筠被贬谪为方城尉是不恰当的，温庭筠负才傲世、讥讽权贵，受到权贵的忌恨。"才高却累身"，既为温庭筠打抱不平，又为其他有同样遭遇的人鸣不平。在这次赛诗会中，诗人们发泄了对权贵的不满。

官场轶事

　　唐朝官场等级森严，大臣是皇帝选拔出来的亲信。亲信者名正才能言顺，所以就有拜相礼。拜相礼非常隆重。李肇的《唐国史补》记载，举行拜相礼前，要做好一件重要的事，就是动用京兆府各县的百姓铺一条路。这条路要从宰相的私宅一直延续到子城东街，名曰沙堤。由黄沙铺成，洒水成堤，供宰相行走。拜相礼多在正月初一或冬至（吉日）举行。正式拜相的那天，百官中服丧者和父母有病者可以请假，其余文武百官都要前去参贺。参贺官员都有帐篷，位置由主管拜相礼的官员按官职的大小安排。皇帝的仪仗队也要像守护宫门那样分立于拜相地点。京城达官都要准备玉饰的伞盖，众官点着五六百根大蜡烛，把拜相之地照得通亮，称为火城。宰相的仪仗队过来时，众官要赶快掩住蜡烛以示尊重。

　　皇帝的诏书是用黄绢写成的，叫黄敕。宰相是堂帖，下达的文书叫黄帖。敕和帖就是皇帝和大臣的等级区别。不过皇帝下达的圣旨有诏、制、敕三种。诏在有重大政事须布告天下臣民时使用。制在表达皇恩、宣示百官时使用。敕在给官员加官晋爵，告诫官员戒骄戒躁、不要恃宠而骄时使用。宰相必须按圣旨办事。

宰相办公的地点（衙署）叫都堂，都堂内的官员称宰相为堂老。门下省、中书省的官员相互称阁老。尚书省的尚书郎、左丞、右丞相互称曹长。员外郎、御史、拾遗相互称院长。侍御史之间相互称端公。在官署内，官职大的官员可以代替下属官员办事，下属官员不可以代替上级办事。

百官上早朝，必须牵马在建福门、望仙门外等候。宰相可以因避风雨在光宅车坊内等候。唐宪宗元和初年设置待漏院，上早朝的各位大臣就在待漏院集中。

群臣在殿前朝见皇帝，称常参；群臣、外国使臣在庆贺盛典时朝见皇帝，称大朝会。不管是常参，还是大朝会，都必须由御史台官员组织监督。御史台的官员有御史大夫、御史中丞、侍御史、殿中侍御史、监察御史，统称五院御史，是中央监督机构中的官员。

大朝会在含元殿举办，由监察御史领班。常参一般在初一、十五举行，殿中侍御史在宣政殿分班排列。群臣跟随皇帝的仪仗出入宫廷，叫入阁，由侍御史监奏。所谓监奏，就是查看群臣在朝见皇帝时是否有失礼。因为在含元殿举办大朝会时人非常多，官员们要排很长的队，级别低的御史也要参加礼仪纠察。参与的大臣距离皇帝近的，侍驾的御史级别就要高一些。

御史们被称为七贵。御史台长官的办公室与下属的办公室按规矩隔开。上堂办公要严肃，不能随便说笑。忍不住要笑时，御史大笑，则全员大笑。满座皆笑叫哄堂，哄堂大笑下属不受罚。

御史大夫和御史中丞到三院，即台院、殿院、察院办公，履行职责，包括弹劾、察举、纠察、辩诬等，如何处理，先由具体办案的低级吏员提出初步意见。大的案件要有黄卷存档。三院理事，凡新任职的官员，当即停发原俸禄，改发新俸禄。只有刑部郎中以上的官员，因职务特殊，可将原俸禄发放到年底，再发新俸禄。

御史台官员位高权重，他们常常会利用手中的权力敲诈下属。李肇的《唐国史补》记载，有一位王姓官吏说，他过去在同州任官时，亲眼看见监察御史从京城出发巡察州县，回来在同州驿馆住下，突然向州衙署索要各种案卷，又要印鉴和记事簿，并且把驿门锁上，有什么要紧的事似的，扰闹得一州一宿不得安宁。有一个年长的办公人员知道这是什么意思，就偷偷让掌膳食的官员与监察御史的办公人员沟通，答应送一百匹缣。第二天天没亮，御史打开驿门，把案卷等还给州衙署，骑马而去。

但御史台的官员也惹不起禁军。《唐国史补》记载，崔远任监察御史，为了捉拿一个逃跑的囚犯，就到禁军神策军营中巡查，结果被下属陷害，说他来的时候仆役们给他打着大伞，还说他在军中索要酒食。这个下属把编造的谎言上告给长官窦文远，窦文远大怒，立刻上奏皇帝。皇帝下诏书，命令在值班的大厅里鞭打崔远，然后将其流放。从此，御史台的官员们再也不敢去禁军了。

御史台的官员事多要求多。唐代宗宝应二年（763），严武上奏说，新授御史大夫在家食宿不方便。言下之意是要提高待遇。皇上恩准御史大夫骑公家马。

监察御史也惹不起宦官。唐宪宗元和年间，监察御史元稹到州县巡察，到驿厅，与在宫中侍奉皇帝的使臣宦官为住上等驿厅发生争执。元稹被宦官打得头破血流。皇上就下了诏书，规定节度使、观察使、尚书、御史、朝廷派出的使者，谁先到驿馆，谁住上厅。

御史台的官员再位高权重，也没有尚书省的宰相风光，所以御史们还是想到尚书省当宰相。赵璘《因话录》记载，尚书省东南角四通八达的大路上有座小桥，大家都叫它"拗项桥"，因为侍御史和殿中侍御史走到这里经常回望尚书省。《国史异纂》记载，崔日知在京城任过官，在地方也任过官，可就是没有在尚书省任过左仆射、右仆射及六部尚书，感到很遗憾。他任太常卿时，在都司厅后营建了一座楼，正与尚书省官署相对，时人称其为崔公望省楼。

御史台的官员确有忠直之士。《太平广记·职官》记载，韩皋任御史中丞时，常在紫宸殿向皇帝奏事，从来不到便殿上奏。在紫宸殿奏事要面对百官。皇上对韩皋说："我和你说话，在这儿说不完，可以到延英殿去说。"这既是皇帝对他的信任，也是皇帝想了解更多的情况。韩皋的亲友也对韩皋说："自肃宗乾元以来，群臣启事都到延英殿，你为什么独于外庭面对百官向皇帝陈述呢，不怕泄密吗？"韩皋说："御史这个官职应该本着公平正直的态度处理事情，不畏强权，所说的事情最好让大家知道，让大家肯定。为什么要去便殿躲避百官而私语，为自己谋私利呢？况且延英殿是肃宗因为苗晋卿年老步艰才建的。后来臣僚到便殿，多假公济私，希望得到皇上的恩宠，自己从中得到好处，我为什么要以此为荣呢？"

唐朝的公卿大臣，初次授官者，按照惯例应该献食，名叫烧尾。唐中宗景龙三年（709），苏瑰任尚书右仆射。宗晋卿对苏瑰说："授仆射这样重大的事，竟不'烧尾'，岂不是不对？"唐中宗没吱声。苏瑰上奏说："臣知道当宰相的，执掌国家大事，帮助天子处理国家事务。现在粮食昂贵，米价暴涨，百姓吃不饱。臣见禁军中竟有三天没吃到饭的，臣认为自己不称职，因此不敢'烧尾'。"

《隋唐嘉话》记载，尚书卢承庆在总章初年考评内外官员。有一位官员督运米粮，遭风失米。卢承庆考核他："监运损粮，考中下。"这位官员容止自若，没有说一句话就退下了。卢承庆感觉到此人很有雅量，就改评为："非力所及，考中中。"这位官员既无喜容，也无愧词。卢承庆又改评："宠辱不惊，考中上。"

官场趣闻

    唐朝的官场上有许多趣事，这些趣事都被唐朝的笔记小说记录了下来。笔记小说相对于正史来说是野史，但这些野史未必都是没有根据的荒唐之说，其中的许多内容被正史采用，比如张鷟的《朝野佥载》就属于笔记小说，司马光著《资治通鉴》，写武则天朝的事就采用了这本书中的许多内容。

    唐朝的笔记小说内容有趣，活泼，往往几十个字、几百个字就讲述了一个生动的故事，刻画出几个鲜明的人物形象。阅读这些小说，可以触摸到有血有肉、趣味横生的唐朝人。

    《朝野佥载》记载了一个爱给人起绰号的官吏，叫魏光乘。他给人起绰号堪称一绝，最后也因为给人起绰号而被贬。他发现兵部尚书姚元崇个头大、行走快，就给他起了个绰号叫"趁蛇鹳雀"（追蛇的鹳雀）。黄门侍郎卢怀慎好低头看地，魏光乘就给他起了个绰号叫"觑鼠猫儿"（偷看老鼠的猫）。殿中监姜皎长得又胖又黑，魏光乘就称其为"饱甚母猪"（饱食桑葚的母猪）。舍人齐处冲喜欢眯起一只眼睛看太阳，魏光乘就称其为"暗烛底觅虱老母"（在暗烛光下寻找母虱子）。舍人吕延嗣个头高大、头发稀少，魏光乘就称其为"日本国使人"（日本使者）……

魏光乘太爱给官吏们起绰号了，惹怒了一些官员，朝廷认为他随意评品戏弄朝官，把他从左拾遗贬为新兴县县尉。

武则天朝的郎官张元一也极爱给人起绰号。他和魏光乘一样，都是抓住某个人的特点起绰号。武则天却未贬他的官。

《朝野佥载》记载，契丹人孙万荣侵犯幽州，河内王武懿宗为元帅领兵御敌。武懿宗是武则天的从侄，个子矮且相貌丑。他到了赵州，听说敌方骆务整率数千骑兵从北面杀来，吓得丢兵弃甲，军需物资扔了一路。回到京都，武则天却赐席设宴，隆重接待。郎官张元一就给他编了一个段子，当着武则天的面嘲讽道："长弓短度箭，蜀马临阶骗。去贼七百里，限墙独自战。甲杖忽抛却。骑猪正南掾。"意思是，握的是长弓，射出的是近箭；本来是匹蜀马，也要找个台阶才能骑上去。敌人已经远去七百里，你绕着城墙自己跟自己作战。把兵器全都抛掉，你骑着猪南逃。武则天问："懿宗有马，为什么要骑猪呢？"张元一道："骑猪就是夹着豕（屎）而去。"武则天大笑，武懿宗很生气，说："这是张元一早想好的，不是即兴而作。"武则天道："你可以随便给他一个韵，让他再编一首。"武懿宗道："那就用萋韵。"张元一随即咏道："里头极草草，掠鬓不萋萋。未见桃花面皮，漫作杏子眼孔。"武则天听后哈哈大笑，武懿宗却羞愧得抬不起头。

唐朝人也爱编顺口溜嘲讽朝廷。《朝野佥载》记载，武则天改革朝政，一些人不考试就可以做官，授予的官职有御史、评事、拾遗、补阙等，一时间官员数不胜数。张鷟写了个段子："补阙连车载，拾遗平斗量。杷推侍御史，碗脱校书郎。"当时有个叫沈全交的人，喜欢自我表现。一次他在尚书省咏诗，就给张鷟的段子续了四句："评事不读律，博士不寻章。糊心宣抚使，眯目圣神皇。"这显然在讽刺当朝官员。新提拔的御史纪先知便弹劾他诽谤朝廷。武则天听后却笑了，说："只要你们这些朝官不滥用职权，何怕天下人说？快把人放了吧。"

赵璘的《因话录》记载，侍郎李纾喜欢谐戏，又喜欢穿华丽鲜艳的衣服。有一天他下朝回家，和同列进坊门，碰见一个货郎担不给他让路，李纾便破口大骂："你这个头钱奴兵，怎么敢冲撞官人！"货郎担回头一看，也骂道："你这个'八钱价措大'，耍什么威风！"李纾不理解"八钱价措大"是什么意思，回到家就让仆人把这个货郎担骗到家里，摆上酒食，边吃边问"八钱"是什么意思。货郎担说："我的衣服只不过短些，值七钱；你的衣服只不过长些，值八钱，有什么好耍威风的！"

《朝野佥载》记载，张利涉不只记性不好，好忘事，还糊涂。有一天，张利涉白日梦醒，让手下赶快为他备马，说有急事要去州里。张利涉骑马直奔刺史邓恽府。见到邓恽说："听说刺史要处死我。"邓恽吃惊地说："没有这样的事呀！"张利涉说："这可是司功甲某说的。"邓恽大怒，喊来掌管笞刑的州官，以离间中伤的罪名杖笞甲某。甲某苦苦哀求，说他没有说过这样的话。张利涉又上前求情说："望刺史大人恕甲某无罪。我恐怕是在睡梦中听到他这样说的。"从此，人们都知道张利涉昏聩。

唐人韩琬的《御史台记》记载，唐朝的管国公任瑰特别怕老婆。唐太宗赏赐给他两名侍妾，任瑰赶快跪拜辞谢，说不敢带回家，因为他老婆是个妒妇。唐太宗不相信这个妒妇这么厉害，就亲自出马劝说。任瑰的妻子仍然不接受。唐太宗就赐她一杯御酒，说："这是一杯毒酒，如果你不再妒忌，就不饮这杯酒；不然，就将它喝下。"任瑰的妻子说："我宁愿饮下这杯御酒。"任瑰妻子喝的不是毒酒，唐太宗为了试探她故意这样说。日后，杜正伦用这件事讥讽任瑰。任瑰说："老婆有三个时期让人害怕。刚成婚时，她端坐在洞房中像尊菩萨。你不怕菩萨吗？生了子女，又像护犊的老虎。你不怕老虎吗？年老时，脸上有了皱纹就像吸人精气的冬瓜鬼。你不怕鬼吗？因此而怕老婆，又有什么奇怪的呢？"

李肇的《唐国史补》记载，郄昂跟吏部尚书韦陟关系不错。一天，两人在韦陟家里闲谈。韦陟突然问："您觉得国朝宰相中谁最无德？"郄昂脱口道："要说无德，莫过于韦安石！"韦陟的脸色沉了下来，郄昂突然意识到韦安石是韦陟的父亲。他不等韦陟发怒，起身便跑。郄昂出了韦府，忽然听见有人叫他："你急匆匆地跑什么？"郄昂停下来一看，是御史中丞吉温，就对吉温诉苦说："刚才韦尚书问我，当朝的宰相谁最无德，我本来想说吉顼来着，谁知随口说了韦安石，真倒霉。"话一说出口，郄昂又猛地想起吉温是吉顼的侄子，吓得拔腿就跑。郄昂惊慌地跑到宰相房琯家。房琯见他惊慌的样子，就问他遇到了什么事。郄昂惊魂未定地说："我跟韦尚书说国朝宰相无德者莫过于韦安石，又跟吉中丞说最无德的宰相是吉顼。我真冤啊，其实我本来想说的是房融。"可房融不是别人，正是房琯的父亲。郗昂一天之内得罪了三位高官，吉温和房琯倒没有计较，只有韦陟从此跟他断绝了来往。

这些看似诙谐的故事何尝不是一种讽刺呢？

官吏的考课

翻阅《唐六典》，可以发现唐朝对官吏的管理有着严格的规章制度，既有监察官监督，又有朝廷派员定期考核，这种考核叫考课。也就是说，即使在几千里之外的地方任职，也必须接受朝廷一年一小考，三至四年一个任期一大考。

考核标准是"四善二十七最"。"四善"是德义有闻、清慎明着、公平可称、恪勤匪懈。简单地讲，就是德、慎、公、勤。"二十七最"是针对不同的工作岗位和性质，对官员的职责和政绩提出的原则性要求。比如对谏官、言官要求"献可替否"，即敢于就政事提出有益的建议；对吏部的铨选官员要求"擢尽才良"，即要求把德才兼备的人才提拔上来；对吏部的考课官员要求"褒贬必当"，即做到公平公正；对礼部的礼仪官员要求"动合经典"，即行为要符合经典规矩；对兵部将领要求"戎装充备"，即要求把队伍带好；等等。这些规定和要求，《唐六典》中都有详细的记载。

考课等级分为九等，有上三等、中三等、下三等，即上上、上中、上下、中上、中中、中下、下上、下中、下下，是根据得"善"多少和得"最"多少确定的。《旧唐书·职官志》记载："一最以上，有四善，为上上。一最以上，有三善，或无最而有四善，为上中。一最以上，有二善，或无最而有三善，为上下。"以此类推，最后两等是："背公向私，职务废阙，为下中。居官谄诈，贪浊有状，为下下。"

考课结果与俸禄的增减和官职的升降直接挂钩。获得中上以上等级者，每进一等，加禄一季（奖励一个季度的俸禄）；获得中中者，保持本禄不变；获得中下以下等级者，每退一等，减禄一季。五品以下官员，四年之内皆获中中者，可以晋升一阶。四考中获一中上，可再晋升一阶；四考中获一上下，再晋升两阶。获得下下考者，则免去职务。这就促使官员要做好本职工作，不敢懈怠。考课对县令要求很严格，因为他们直接与百姓打交道，如果无所作为，百姓受累，获下考的县令直接免职。政绩突出的县令，也会给予额外的奖励。

考课工作由尚书省的吏部主管。吏部有考功司，考功司专门负责考课官吏。考功司设郎中、员外郎各一人。考功郎中负责京官考课，考功员外郎负责地方官考课。为了保证考课公正公平，朝廷再派门下省的给事中和中书省的中书舍人分别监察考课的进行，称为监考使。所以在考课前，中央的省、台、寺、监以及地方州郡各机构的长官，先要对被考的下属人员进行品德、才能的评定，并把他们当年的功过德才登上簿状，作为档案材料上报。

考课工作透明公正。每年考课由本部门长官初步评议，当众宣读，"议其优劣"。但是优劣等次的确定，不是本部门长官一个人说了算，而是众人共同议定。唐宣宗还规定，考课等次确定后，要把相关情况悬挂于本部门、本州官署大门外三日进行公示。外县要当日通知本县，如果考课不公，必须改正考等，没有异议后才能向考功司申报。开元十七年（729），左丞相张说为校京官考，确定其儿子中书舍人张均为上下考，这个等次很高，但是时人不以为私，原因就在于考课标准与过程是公开的。

考课管理严格，官员们都想得到中中以上的考核结果以保住官职。永徽中年，滕王李元婴任金州刺史，他是唐高宗叔父，在宗室中地位尊贵，但他骄纵逸游，考课时被定为下上考。狄仁杰在高宗时任大理丞，一年断案过万，且无一人诉冤，年终考课获中上考。这个结果与其实际绩效相比有点低，但校考使刘仁轨认为狄仁杰为新官，不可能有太大的成绩。

考课工作如此严肃，考官必须公正廉明。开元十一年（723），卢从愿任工部尚书。御史中丞宇文融受宠当权，因田户之功，本部门考核为上下等，卢从愿予以否定。宇文融因此十分怨恨他，就密奏说卢从愿占一百多顷良田。皇上信以为真，在选择宰相时，有人推荐卢从愿，皇上说："卢从愿广占田园，这是不廉洁的。"这是一位正直的官员因昏聩的皇帝栽了跟头。卢从愿有一次上早朝时，途中有人用箭射他，射中了他的随从，贼人没有被捕获。当时舆论认为这是有人在报仇。

品德高尚的正直官员都能正确面对自己的考课等次。卢迈负责监京官考课，由于能做到公开公正，当时准备把他评为上考，但卢迈认为自己任此职时间不长，政绩不算突出，不敢为上考。

阳城任道州刺史时，因当地环境恶劣、土瘠民贫，阳城不愿加重百姓负担，以致不能完成收税任务，受到观察使的指责。在考课时，他自己给自己定为下下。下下是要解除官职的，阳城不等朝廷批准，自行离职而去。阳城为了不给百姓增加负担，自己宁可丢官。

郑处海的《明皇杂录》记载，唐朝的卢怀慎为官清正廉洁，不搜刮钱财，他的住宅和陈设都非常简陋。当了这么大的官，妻子和儿女还经常挨饿受冻。他到东都负责选拔官吏，随身的行李只是一个布口袋。后来他在担任黄门监兼吏部尚书期间得病，宋璟和卢从愿去探望他。卢怀慎躺在破竹席上，屋子连个门帘也没有，刮风下雨只好用席子遮挡。卢怀慎很器重宋璟和卢从愿，看到他俩来了，非常高兴，留他们待了很长时间，并叫家里人准备饭菜，可端上来的只有两瓦盆蒸豆和几根青菜。卢怀慎对宋璟和卢从愿说："你们两个人将来一定会当官治理国家，皇帝寻求人才和治理国家的策略很急迫，但是时间长了，皇帝身边的大臣就会有所懈怠，小人就会乘机讨好皇帝，你们两个人一定不能这样。"他在病危的时候写了一份奏章，向皇帝推荐宋璟、卢从愿、李杰和李朝隐。皇帝看了奏章，更加惋惜。卢怀慎死后，由于没有积蓄，家人只好让老仆人做了一锅粥给帮忙办理丧事的人吃。两年后，皇帝到城南打猎，来到一片破旧的房子前，看见一户人家在简陋的院子里举行仪式，便派人去询问，那人回来报告说，是卢怀慎的家人在为卢怀慎办两周年祭礼。皇帝停止打猎，派人送去了一些布匹。

唐朝的强大离不开这些正直的官吏。

在唐朝，三品以上的官员由皇帝亲自主考，皇帝身边出现奸佞小人、贪官污吏，责任只能由皇帝负。

朝堂论战

读唐史，时常会看到那些为民请命、舍身求法之人的铮铮铁骨。尤其在朝堂上，他们敢斗邪恶，敢申正义，一身正气有担当。

长孙无忌是唐太宗的妻兄。有一天他被唐太宗召见，因走得匆忙，挂着佩刀直接进了东上合门。这是严重的违法事件，必须处理。封德彝是尚书右仆射，戴胄是主审法官，围绕这件事，二人当着太宗的面进行了激烈的争论。封德彝认为看门校尉守卫不严，要判死罪；而长孙无忌仅罚铜二十斤抵罪。戴胄坚决反对，认为这不公平。他对唐太宗说："校尉因为无忌的原因获罪，被判处死刑，这没有问题。但是这事危及陛下的人身安全，不能有失误，两个人都必须判处死刑。"唐太宗想偏袒他的大舅哥，让校尉死，没想到戴胄却要判长孙无忌死罪。戴胄话锋一转，说陛下要是觉得无忌有功劳，想赦免他，也可以，但"若罚无忌，杀校尉，不可谓刑"。就是说两人同罪，杀一个，罚一个，厚此薄彼，不符合法律规定。唐太宗也不敢再包庇长孙无忌，大义凛然地说："法律是天下的公器，朕怎能偏袒亲戚呢？"他要求封德彝对此案重新审理。结果封德彝还是判杀校尉，罚长孙无忌。唐太宗打算批准。戴胄再次反对，他极力争辩说，校尉是因为长孙无忌而获罪，"若皆误，不得独死"。最后，唐太宗一碗水端平，赦免二人。戴胄刀下留人成功。

唐太宗刚即位，常常和大臣们讨论教化问题。他先提出一个观点："大乱之后，恐怕百姓最难教化。"魏徵立马反对说："不然。久安之民骄佚，骄佚则难教；经乱之民愁苦，愁苦则易化。譬犹饥者易为食，渴者易为饮也。"唐太宗觉得魏徵说得对。但是封德彝不同意，他站出来针对魏徵的观点说："从夏、商、周三代开始，世道逐渐变坏，人变得越来越奸猾，所以秦代使用法律严厉整治，汉代杂以霸道才得以治理。这都是因为教化不成功，文治行不通啊！"他大声指责魏徵："魏徵是个书生，不通政治，不识时务，在此危言耸听。相信他的空谈，必然误国。"封德彝言之铮铮，没有把魏徵放在眼里。魏徵当即辩论道："五帝、三王不易民而化，昔黄帝征蚩尤，颛顼诛九黎，汤放桀，武王伐纣，皆能身教致太平，岂非承大乱之后邪？"摆出历史事实之后，魏徵话锋一转，说："如果说古人淳朴易治，后人逐渐变得奸巧，难以教化，那么现在人不都变成鬼怪了，君主哪里还能治理？"封德彝招架不住。这场朝堂论战以魏徵胜出而结束。唐太宗郑重地说："今日朝堂议事，朕明白了，以武平乱，以文治国，文治武功，随时而用。今天四海统一，正是文治之时。朕决定，从今以后，偃武修文，望众卿守职尽责助朕早日实现大治。"

封德彝与魏徵的朝堂论战是理政观念不同的论战，封德彝主张偃文修武，魏徵主张偃武修文，一重武治，一重文治，这种论战当然有对错，但目的是相同的。在朝堂上敢与皇帝辩论，那可真是捋虎须，一言不合，就会丢官甚至丢命。可是正直的官员总是坚持己见、无所畏惧。开元二十四年（736）十月，朔方节度使牛仙客因在河西任职有功，唐玄宗打算任命牛仙客为尚书。张九龄反对，他说："尚书，古之纳言，唐兴以来，惟旧相及扬历中外有德望者乃为之。仙客本河湟使典，今骤居清要，恐羞朝廷。"玄宗说："加实封可乎？"张九龄还是反对，说："封爵是给有功人的，牛仙客实仓库、修器械，是他的常务，不足为功。"玄宗很不高兴。李林甫借此中伤张九龄，私下对玄宗说："张九龄是个书呆子，不识大体。"第二天，玄宗又提出提拔牛仙客的事。朝堂上张九龄固执如初。玄宗大怒道："难道一切事都要听你的吗？"张九龄伏地叩首说："陛下不知臣愚，使待罪宰相，事有未允，臣不敢不尽言。牛仙客乃边隅小吏，目不知书，若当此大任，恐怕不合众望。"张九龄似在谢罪，实在争辩，句句不让。于是张九龄被罢知政事，改任尚书右丞。第二年，监察御史周子谅弹劾牛仙客，触怒唐玄宗，被打得死去活来，流放外地，死于途中。唐玄宗又以荐举不当，贬张九龄为荆州大都督府长史。张九龄并没有因此而后悔。

朝堂论战往往惊心动魄。

在武则天晚年，她宠幸的张易之、张昌宗兄弟二人忧心忡忡。他们知道一旦女皇病逝，朝中的大臣们绝不会放过他们。张氏兄弟二人思前想后，决定趁女皇尚在，先下手为强，除掉朝中的反对派。首先要除掉的人是宰相魏元忠，因为魏元忠对张氏兄弟干涉朝政颇为不满。张氏兄弟对魏元忠恨之入骨，伺机报复。张氏兄弟向武则天递上一纸诉状，指控魏元忠私下与司礼卿高戬密谋拥立太子登基。武则天看后勃然大怒，立刻将魏元忠逮捕下狱，并让魏元忠第二天在朝堂上与张氏兄弟当面对质。张氏兄弟决定找一个人做伪证，他们软硬兼施，以权势相逼，以富贵相诱，逼迫凤阁舍人张说出庭做伪证。

一场论战开始。武则天召太子李显和各位宰相在朝堂上旁听。魏元忠和张昌宗唇枪舌剑。张昌宗说："张说听见魏元忠说谋反的话，让张说出来做证。"张说来到朝堂之上，笃定地说："臣并没有听到魏元忠的谋反言论，张昌宗曾逼臣做伪证。"此言一出，旁听的众人哗然。张氏兄弟暴跳如雷，厉声高喊道："张说也参与了魏元忠的谋反，他们都是反贼！"武则天追问，张易之说："（张）说往时谓元忠居伊周之地。臣以伊尹放太甲，周公摄成王之位，此其状也。"张说争辩道："张易之、张昌宗太无知了，他俩根本不知道伊周的意思，更不知道伊周的为臣之道。魏元忠初拜命，授紫绶，我以郎官的身份去拜贺。魏元忠曰：'无尺寸功而居重任，不胜畏惧。'我曰：'公当伊周之任，何愧三品。'然伊周历代书为忠臣，陛下不遣臣学伊周，使臣学？难道说伊周是谋反之人吗？"这一质问让张易之、张昌宗难堪至极，他们的浅薄无知暴露在大庭广众之下。张说又说："我很清楚，依附张易之有台辅之望，依附魏元忠有族灭之势。臣不敢欺骗陛下，也害怕魏元忠成为冤魂。"

张说正直，不为奸人所用。魏元忠虽免一死，但还是被流放到岭南。

朝堂论战，能看到皇帝的虚伪、大臣的刚直、小人的卑鄙。皇帝说是在维护正统，但何谓正统？说穿了就是他们的个人利益。大臣刚直，可再硬气也胳膊扭不过大腿。小人蝇营狗苟、见风使舵，极尽溜须拍马之能事。

张易之、张昌宗非常得势，依附者众多。长安末年，右卫西街张贴了一张榜示，上书易之兄弟等谋反。宋璟当时为御史中丞，立即奏请审理这个案子，可是武则天袒护张氏兄弟，说："易之已有奏闻，不能再给加罪了。"宋璟不从，对武则天说："张易之谋反、大逆，法无容免，请勒就台审查，以明国法。张易之等久蒙驱使，分外承恩，我言发祸从，就是入鼎镬。然义激于心，虽死不恨。"武则天很不高兴。内史杨再思马上命宋璟出去。宋璟抗言道："天颜咫尺，亲奉德音，不烦宰臣，擅宣王命。"意思是说我想当面听皇帝的德音，你没权力宣布王命让我离开朝堂。左拾遗李邕历阶进言："宋璟所奏，事关社稷，望陛下可其所奏。"武则天同意，传命让易之到御史台接受审问，可不一会儿就宣布免罪。武则天又让张易之、张昌宗去向宋璟辞谢。宋璟拒而不见，让使者告诉张氏兄弟："公事当公言之，私见即法有私也。"宋璟对左右说："恨不先打竖子脑破，而令混乱国经，吾负此恨。"当时朝廷中有些官员为了套近乎，称张易之、张昌宗为五郎、六郎，宋璟偏偏以官职称呼他们。溜须拍马的天官侍郎郑杲问宋璟："中丞为什么唤五郎为卿？"宋璟刚硬地说："郑杲何庸之甚，若以官秩，正当卿号；若以亲故，当为张五郎、六郎矣。足下非张氏家僮，号五郎、六郎何也！"郑杲惭愧地退下。

这场关于张易之、张昌宗兄弟是否谋反的朝堂论战就这样结束了。

唐代宗大历十三年（778），崔祐甫以舍人之职处理中书省事务，常衮为宰相，两人因为某些政见不同在朝堂上发生争论，互不相让。常衮大怒，奏请皇帝，改让崔祐甫主持吏部铨选。崔祐甫拟定的官员人选多被常衮驳回，二人由此交恶。

后来，陇右节度使朱泚军中发生了一件怪事——猫鼠同乳。朱泚便向朝廷奏称祥瑞，常衮也认为这是祥瑞，率群臣庆贺。崔祐甫却说："养猫是为了捕鼠，今猫不捕鼠反而哺乳老鼠，是失其本性，就如同官吏不惩处违法之人、边将不抵抗入侵之敌。我认为应当派人巡察地方贪官污吏，告诫边防守将严加防范，从而消除这种怪异现象。"唐代宗表示赞同，常衮由此更加厌恶崔祐甫。

大历十四年（779），唐代宗驾崩，唐德宗继位，并在西宫为代宗发丧。发丧要规定群臣的服丧时间，代宗临终有"天下吏人，三日释服"的遗诏。常衮与礼官商议，认为代宗虽有遗诏，但群臣丧期仍应遵循玄宗时的礼制，服丧二十七日。崔祐甫表示反对，认为遗诏中并未提及官员与百姓的区别，官员应遵循遗诏，服丧三日，而皇帝则服丧二十七日。常衮道："礼制并非天地生成，只是人情而已。百官承受皇帝恩宠，服丧之时却与百姓一样，你安心吗？"崔祐甫反问道："那你又置先帝遗诏于何地？诏旨都可改动，还有什么不能改动呢？"二人为此争执不下。

代宗驾崩，按照礼制，群臣临丧应早晚各哭十五声。但常衮思及代宗恩遇，哀恸不已，哭丧逾越礼制，且有从吏在旁搀扶。崔祐甫指着他对百官说："臣下在皇帝面前哀悼，有搀扶的礼节吗？"常衮怒不可遏，便弹劾崔祐甫，认为他随意改变仪礼，轻议国家典制，请求将其贬为潮州刺史。

唐德宗认为处分过重，改贬崔祐甫为河南少尹。

　　常衮扳倒了政敌，但他万万没有想到的是，他也因此事栽了跟头。因为贬黜崔祐甫需要所有宰相签字，当朝的宰相还有郭子仪和朱泚，但此二人都在外带兵打仗，常衮就一人代替这两位宰相签了字。郭子仪和朱泚都认为不应该贬黜崔祐甫，唐德宗才知道原来这二人并不知情，便认为常衮欺君冈上，将其贬为河南少尹，并授崔祐甫为门下侍郎、同平章事，让他俩对调官职。当时唐德宗正在服丧，便将政务全部托付给崔祐甫，对他信任有加。

　　常衮不是奸臣，崔祐甫也不是奸臣，他们仅因政见不同而成了死对头，可悲可叹。

官员的气节德操

    安史之乱让大唐帝国遭受了一场前所未有的大变故。一个正在发展却危机四伏的帝国，终于没有隐瞒住它不可调和的社会矛盾，爆发了惊心动魄的战乱。战乱摧残着皇室、官员及平民百姓。官吏面临严峻的考验。

    在这场战乱中，朝廷的许多官员被叛军俘虏，成为安禄山砧板上的鱼肉。这些被俘的官员，有的很快投降变节，为安禄山所利用；有的宁死不屈，被安禄山杀害；有的为保全性命，隐忍等待。

    安禄山攻破东京洛阳时，达奚珣为河南尹，他协助封常清抵御叛军。封常清连战连败，兵败后从苑西破墙西走，达奚珣被俘。达奚珣被俘后是否投降变节，说法不一，司马光在《资治通鉴》中说了一句："河南尹达奚珣降于禄山。"达奚珣确实没有被安禄山杀害，并且被封为侍中。但接着司马光写到了两位宁死不屈的唐朝官员，一个是留守李憕，一个是御史中丞卢奕。在叛军入城的关键时候，留守李憕对御史中丞卢奕说："吾曹荷国重任，虽知力不敌，必死之。"卢奕当即答应。李憕集中残兵数百，准备一战，结果残兵全都逃走，李憕独坐府中等待一死。卢奕让妻子怀揣大印从小路逃往长安，自己身穿朝服坐在御史台。安禄山将李憕、卢奕和采访判官蒋清全部杀害。卢奕临刑前大骂安禄山，并大喊："凡为人当知逆顺。我死不失节，夫复何恨！"

在《资治通鉴》中，司马光把达奚珣与李憕、卢奕、蒋清放在同一节，意在说明达奚珣投降变节了。变节者活了下来，不屈者慷慨就义。

安史之乱爆发后，唐玄宗逃走。他离开京城时留下了两个官员守护京城，一个是崔光远，一个是边令诚。唐玄宗诏命崔光远为京兆尹、西京留守、采访使，边令诚为监门将军、陕州监军。皇帝一走，京城大乱，有人放火烧左藏大盈库，抢财物。崔光远令官员守卫宫殿，杀死十多人。他又派儿子去东边拜见安禄山，安禄山任命崔光远为京兆尹。边令诚干脆开门迎敌，长安落入叛军之手。后来这两个官员都逃离叛军来到了灵武，唐肃宗提升崔光远为御史大夫，仍任京兆尹，而杀了边令诚。

叛军入长安大肆抢掠的时候，叛军中的同罗（回纥诸部之一）背叛安禄山，带着皇宫的两千多匹马离开。叛军将领孙孝哲、安神威想召回他们，却没有成功。安神威害怕忧虑而死，官吏们受惊逃走，狱中犯人也越狱逃走。崔光远认为叛军要跑，便令人守住孙孝哲的府邸。孙孝哲跑去报告安禄山，崔光远乘机和长安县令苏震一起到开远门，以"京兆尹巡视城门"为幌子，杀死守门叛军，又招募到一百多人逃往灵武。崔光远是有功之臣。而边令诚本来是宦官，唐玄宗逃离京城时诏命他为监门将军、陕州监军，开唐朝宦官监军之先河。安禄山攻进长安，边令诚就开门迎敌，唐肃宗能不杀他吗？

　　陈希烈是玄宗朝宰相，博览群书，尤精玄学。开元中期，他常在宫中讲《老子》《周易》。累迁至秘书省监，代张九龄判集贤院事。但此人性格懦弱，遇事唯唯诺诺，李林甫发现这种人容易控制，就举荐他为宰相。杨国忠继任宰相后，清算李林甫余党，排挤陈希烈。陈希烈只好上表辞职，唐玄宗就将他罢为太子太师。太子太师为虚衔，无实职。安禄山起兵反唐，先攻占了洛阳。至德元载（756），安禄山称帝，建立燕国，并于六月攻陷长安。陈希烈被叛军俘获，任命为伪宰相。此时陈希烈已年近八十，虽被任命为宰相，但并不拥有实权，安禄山想利用他的名声继续招降唐廷官员。陈希烈因唐玄宗罢免了他的宰相职务，心怀不满，结果晚节不保。

　　哥舒翰兵败潼关后，准备收拾残兵再次应战，不料被由他提拔起来的番将火拔归仁等人劫持，连同其他不肯投降的将领，一起押往东都洛阳。叛军将领田乾真赶到，火拔归仁投降。安禄山见到哥舒翰后，得意扬扬地说：“你过去一直看不起我，如今怎么样？”哥舒翰跪在安禄山面前，俯首谢罪：“臣肉眼不识陛下，以至于此。陛下是拨乱之主，天命所归。李光弼在土门，来瑱在河南，鲁炅在南阳，我为陛下招降他们，可一举平定这三方唐军。”安禄山大喜，马上将哥舒翰封为司空，又命人将火拔归仁拖下去斩首示众，向哥舒翰示好。哥舒翰昔日手下诸将接到书信后，都复书责骂他不为国家殉节，有失大臣体面。安禄山大失所望，就把哥舒翰囚禁在禁苑之中。

至德二载（757），安禄山被儿子安庆绪杀害，安庆绪在洛阳自称皇帝。唐军集结几十万兵力，接连收复了长安和洛阳。安庆绪逃至邺城（今河南安阳市）固守，临行前，将哥舒翰等三十余名被俘唐将全部杀害。唐朝廷没有忘记哥舒翰开疆拓土的功劳，追赠其为太尉，谥号武愍。

唐玄宗逃到咸阳，问高力士："朝臣谁当来，谁不来？"高力士回答："张均、张垍父子受陛下恩最深，且连戚里，是必先来。时论皆谓房琯宜为相，而陛下不用，又禄山尝荐之，恐或不来。"玄宗说："事未可知。"等到房琯来了，玄宗问起张均、张垍。房琯说："臣帅与偕来，逗留不进；观其意，似有所蓄而不能言也。"玄宗回头看着高力士说："朕固知之矣。"当天，玄宗就任命房琯为文部侍郎、同平章事。

张均、张垍兄弟是宰相张说的儿子。张垍是唐玄宗的女婿，娶的是宁亲公主，优宠无比。张均在开元四年（716）登进士第，很有才名。张均是哥哥，自认为才华横溢，当为宰辅，却受到李林甫和杨国忠的排挤，没有当上宰相，心怀不满，安史之乱中叛变。陈希烈被罢相前，唐玄宗来到张垍的内宅问谁可为相。张垍没有回答。玄宗说："我看谁也比不上我的爱婿。"张垍立刻走下台阶拜谢。但之后玄宗并没有让张垍当宰相，张垍非常失落，玄宗也有所觉察。张垍也背叛了他的岳父。安禄山让兄弟俩分别担任伪中书令、伪宰相。

唐军收复两京后，张均、张垍都被抓了回来，论罪当斩。房琯听说后，吃惊地说："张氏要绝种了！"因此想方设法营救。唐肃宗也念及他为太子时张说对他有恩，想赦免兄弟俩的死罪，将其流放到合浦郡。此时，为上皇的唐玄宗坚决反对："张均、张垍兄弟投降了叛军，且被委以要职。张均还在叛军面前诋毁我们，罪不能赦！"唐肃宗叩头再拜说："臣非张说父子，无有今日。臣不能活均、垍，使死者有知，何面目见说于九泉！"上皇命左右扶起肃宗，说："张垍为汝长流岭表，张均必不可活，汝更勿救！"肃宗泣而从命。

卑鄙并没有成为卑鄙者的通行证。张均、张垍兄弟因为没有当上宰相，投降变节，最后张垍丢了性命，张均流放合浦。

李华，唐朝大臣，文学家，他写的《吊古战场文》是千百年来广为传诵的名篇。他写的《含元殿赋》是我国古代篇幅最长的宫殿赋，描写了含元殿的美轮美奂、壮丽恢宏，歌颂了唐王朝的鼎盛强大。就是这位大文豪，在安史之乱中也叛变投降了安禄山，受伪职中书舍人。安史之乱平定后，李华被贬为杭州司户参军。后来，隐居大别山南麓，信奉佛法。

王维没有变节，雷海青没有变节。王维装病避祸。雷海青是玄宗朝著名的宫廷乐师，安禄山把他俘获到洛阳，逼迫雷海青等人演奏琵琶宫乐，雷海青拒不演奏，被安禄山手下活活打死。

安史之乱，是唐朝历史上的一场大劫难，它考验了许多人的灵魂与品格。史思明的部队进攻河间时，河间已被叛军将领尹子奇围困四十多天。颜真卿派遣和琳率领一万两千人驰援河间。走到离河间还有二十多里的地方，遇大风，听不见进军的鼓声，和琳兵败被抓。镇守河间的唐军将领李奂也被叛军俘虏。史思明又进攻景城，捉住了李昕，李昕投河而死。史思明进攻清河，清河城已经没有粮食，城被攻破，长史王怀忠被俘。饶阳城被攻破，太守李系自焚而死，裨将张兴被捕。史思明见到张兴，许以高官劝降。张兴大骂安、史逆贼。史思明大怒，命人锯解张兴。张兴骂不绝口，壮烈牺牲。

"疾风知劲草，板荡识诚臣。"此话真矣。

唐朝的才子

唐朝的才子太多了，我们熟知的诗人就有许多，如李白、李贺、李商隐、杜甫、杜牧、白居易、白行简、白敏中等。其实唐朝的皇帝和宰相都是文人，他们诗文、书法俱佳，令人叹服。

京兆武功（今陕西武功县）苏家，西魏、隋朝都出了大官，到了唐朝，苏瑰当了宰相，他二十岁考中进士，熟悉法律，精通典章，曾受命修订律令，可谓满腹经纶。他有几个儿子，其中苏颋的名气最大。苏颋聪明过人，每天能背诵数千句诗文。唐人郑处诲的《明皇杂录》记载，韦嗣立被任命为中书令，苏瑰负责起草委任状，苏颋负责修辞，薛稷负责书写，被时人称为"三绝"。这"三绝"中苏家占了两"绝"。唐玄宗平定内乱后，急于发布公告，在找不到合适撰稿人的紧急情况下，苏瑰当即推荐苏颋。苏颋头一天醉酒还没醒过来，到了皇宫还大吐不止。玄宗命令太监将他扶上前躺下，亲自为苏颋盖上被子。过了一会儿，苏颋酒醒了，接过笔，才思泉涌，一蹴而就，叙事论理明白，玄宗大喜。

其实苏瑰的几个儿子都是才子。苏瑰的朋友东明观道士周彦云想为师父立一块碑。他对苏瑰说："这件事麻烦你的几个儿子就可以了。五郎撰写碑文，六郎书写，七郎往碑上刻字。"苏瑰哈哈大笑。周彦云说的五郎是苏颋，六郎是苏诜，七郎是苏冰。苏颋善文，苏诜善八分体字，苏冰善雕刻，真是一家才子。

唐朝才子的特点是记忆力超强。唐人胡璩的《谭宾录》记载，度支郎中崔仁师向太宗报告钱物的支配调度情况，不拿账本，凭着记忆一笔一笔地汇报。太宗觉得奇怪，命令杜正伦拿着账本对照，然后由崔仁师大声报告，结果没有一处差错。这种超强的记忆力实属罕见。但崔仁师不只记忆力超群，同样是文学天才，他在武德初年就考中制举。制举是学子们考中进士后皇帝亲自主持的一种科考，是高于常考的科考。崔仁师考中，可见其学问非同一般。他参与编写梁史、魏史，又以一篇《清暑赋》讽谏太宗奢侈享乐，得到太宗的赏赐。当时校书郎王玄度的注解诋毁孔颖达和郑玄的学说，并请求立即废除这二说。皇帝就诏令众儒生讨论，博士以下的人提出的问题都难不住王玄度，河间王李孝恭就奏请皇帝将王玄度的学说与孔额达、郑玄的学说一并推行。崔仁师认为王玄度的注解缺乏依据，他列举出其中不合大义之处上奏给皇帝，王玄度之议被止。

范阳人卢庄道是唐朝公认的学问家。他才智过人，记忆力超强。他的父亲卢彦和高士廉关系好。卢庄道从小丧父，十二岁的时候去拜见高士廉，恰巧有人送来文章向高士廉请教。高士廉翻着看，卢庄道也偷着看。然后他对高士廉说："这篇文章是我写的。"高士廉一听很不高兴，认为这孩子太张狂，责怪他说："小孩子不要说大话！"然后让他背诵，卢庄道果然背了下来。又让他倒着背诵，他又背了下来，高士廉感叹不已。卢庄道跪下请罪说："这篇文章确实不是我作的，而是我在旁边偷看时记住的。"高士廉感到惊奇，就取来其他文章和官府文书让他读，卢庄道只看一遍就能背下来。高士廉就把卢庄道推荐给太宗。卢庄道十六岁时便被任命为河池县尉。满两年后，他参加科举考试，考中了甲科进士，被特别任命为长安县尉。卢庄道二十岁那年，太宗要视察牢狱，县令认为卢庄道太年轻，怕他误事，想让别的县尉代替他，卢庄道不同意。当时牢狱里关押的囚犯有四百多人，全都有罪状案卷材料，卢庄道却不看这些案卷材料，县令和县丞就有些担忧，多次告诫他，卢庄道不以为意。第二天，太宗召见囚犯，卢庄道不慌不忙地拿着案卷材料领着囚犯进来，当着皇帝的面审理评议各个罪犯的罪行轻重和关押时间，应对迅速且正确。太宗惊叹不已，过了几天就任命卢庄道为监察御史。这个故事出自唐人韩琬的《御史台记》。

唐朝才子另一个特点是文才超人。《御史台记》记载了一位才子，叫裴琰之。他的文才表现在撰写公文上。裴琰之二十岁时担任同州司户。担任司户后，以玩乐为主，不操心处理公文。刺史李崇义有点着急，就去询问户佐。户佐说："司户恐怕不善于处理公文。"李崇义过了几天找裴琰之谈话："同州公务繁忙，你这么有才能，何不到京城找个官职，留在这里干什么。"裴琰之只好点头称是。裴琰之应该处理的公文越堆越多，大家以为他不会撰写公文，只会玩乐。李崇义又召见裴琰之，严厉地对他说要让朝廷免他的职。裴琰之问户佐："有多少公文案卷？"户佐回答："着急处理的有两百多份。"裴琰之说："我以为有多少呢，还用得着如此逼迫人！"他命令户佐在每件等待处理的案卷后面附上十张纸，再来五六个人给他研墨，左右之人勉强去做。裴琰之不听详细情况，只让汇报大概情况，他倚着柱子处理。嘴不停，笔不停，写完的纸一张一张飞落到地上，词义奔放，文笔华美。州府的官员都来围观，赞叹不已。处理完的公文案卷送到李崇义那里，李崇义问："司户会处理公文吗？"户佐说："司户水平太高了！"李崇义开始不相信，等他看了四五十卷后，发现语言非常精彩。李崇义惊奇且惭愧，将裴琰之找来，走下台阶谢罪说："你的文章如此好，何必隐藏锋芒？这都是我的过错啊！"不久裴琰之被提拔为雄州司户。

《唐摭言》记载的绛州人王勮也是写文章的高手。开元年间，王勮担任中书舍人，五个皇子离开京城要去自己的封地做藩王，当天要接受皇帝册封。秘书省忘了携带册封的文书，百官上朝的时候才想起来，但返回去取已经来不及，情急之下，王勮立即召集五个小官，每人手里拿一支笔，由他口授，五个人分别书写，不一会儿就将文书全部准备好。

《封氏闻见录》中记载的张陟文才更高。天宝年间，他担任汉州雒县县尉，自举要献上一艺，就是"日试万言"，即一天能写万言诗，还说不相信的话可以让中书省来人考察。考官来了，张陟就令善于书写的二十人环庭而坐，每人占一题目，张陟依题口授诗句，口授完一个题目再口授下一个题目，周而复始。午后，写成七千多字诗，还要继续往下写以完成一万字。宰相们说："七千字已经很多了，没必要写到一万字。"宰相们将此事立即上报皇帝，张陟得到赏赐，拜太公庙丞，被世人称为张万言。

唐朝才子有很多是神童，孩童时就能诗会文，才思敏捷，才华横溢。比如苏颋，他刚会说话时，京兆尹去苏瑰家做客，命令苏颋歌"尹"字。苏颋说："丑虽有足，甲不全身，见君无口，知伊少人。"

再比如刘晏。《明皇杂录》记载，刘晏七岁举神童，八岁时唐玄宗封泰山，因献《颂》，授太子正字。十岁那年，唐玄宗驾临勤政楼，百妓排列成行在楼前歌舞。王大娘头顶百尺长竿，竿顶放着一座木山，状如仙山瀛洲，一小儿拥着神仙仪仗出入其间、歌舞不止。玄宗把刘晏召到勤政楼上珠帘之内，让他为王大娘的表演咏一首诗。刘晏马上咏道："楼前百戏竞争新，唯有长竿妙入神。谁谓绮罗翻有力，犹自嫌轻更著人。"唐玄宗、杨贵妃以及诸妃嫔欢笑不止，玄宗高兴地赐刘晏象牙笏板和黄文袍。十岁的刘晏出口成章，咏诗如神。

刘晏真的如此有才华吗？宋代的王应麟对此深信不疑，他在《三字经》中说："唐刘晏，方七岁。举神童，作正字。彼虽幼，身已仕。尔幼学，勉而致，有为者，亦若是。"

刘肃的《大唐新语》记载，贾嘉隐七岁时以神童闻名，朝廷召见他，长孙无忌和李勣与他对话。李勣先开玩笑地说："我所依靠的是什么树？"贾嘉隐道："松树。"李勣故意说："这是槐树，怎么能说是松树呢？"贾嘉隐道："以公配木，怎能说不是松呢？"长孙无忌又问："我所依靠的是什么树？"贾嘉隐道："槐树。"长孙无忌说："你说对了吗？不再更正了吗？"贾嘉隐道："哪里用得着更正。只要取来一个鬼对上木就可以了。"两位誉满朝堂的大臣没有难住一个七岁的孩子，这个孩子真是神童。

贞观年间，贾嘉隐被铨选入举，当时他十一二岁，虽有才智，可相貌丑陋，怎样安置他，大臣们决定不下来，就召他来请皇帝决定。朝堂官员们都来观看，还没等别人说话，英国公李勣抢先道："这小孩的脸长得像獠面，怎么能聪明呢？"贾嘉隐就应声道："长了一副胡人脸面的人都能做宰相，獠面怎么就不能聪明呢？"满朝官员大笑，因为李勣的脸像胡人。

这个故事可信度不高，但唐朝的才子确实创造了唐朝灿烂的文化。

唐朝的女人

　　唐朝的女人大有写头，唐朝的女人为唐朝的文化增添了灿烂的色彩。走到台前的唐朝女人，如武则天、长孙皇后、杨贵妃、张良娣等不用多说，她们或有好名声，或有坏名声，总之名气很大，历史长河的浪尖上总有她们的身影，以致妇孺皆知。但是唐朝的普通女人，她们的生活其实也充满趣味。

　　女人从来都是半边天，只不过在封建社会，女人的所有功劳都被男权所掩盖。

　　唐朝的女人敢作敢当，特别是在维护自己的正统地位和坚守贞操上说一不二、果敢果决。管国公任瑰的老婆就是这样，她不许任瑰纳妾，就是皇帝赐的也不能领回家。唐太宗想用一杯假毒酒使她屈服，她宁愿喝下毒酒也不听皇帝的命令，宁折不弯。

　　《朝野佥载》记载，房玄龄妻子卢夫人对丈夫忠贞不贰，房玄龄在地位不高时得了病，以为自己快死了，便对妻子说："我要病死了，你还年轻，不可守寡，要善待那个后来人。"卢夫人哭着进入帷帐，剜出一只眼珠示于房玄龄，以证明自己绝不会有二心。

工部尚书魏知古文雅正直，善于写文章，七十岁时死于任上。他的妻子苏氏并未哭，而是先用香水为丈夫擦拭身体，再让丈夫口中含上玉，换好衣裳，痛哭一声后死去，与尚书同日合葬。

唐朝无名氏编撰的《玉泉子》记载，郑路兄弟去江南做官，当他们把船停泊在江中的小岛旁时，突然来了一群强盗，郑路兄弟就把金帛等贵重物品都摆放在岸上，任贼人随便拿。可是贼人不要这些宝贝，而是说："只要得到侍御史的小娘子便满足了。"他们所说的小娘子，就是郑路的女儿，是个大美人。骨肉亲人不知如何回答是好，郑女却欣然同意随他们而去。郑女对那个贼人说："你应该有家室，可我家是士大夫家族，如今，你既然要我做你的妻子，怎么能对我无礼呢？日后到了你家，见到你的亲属，能把你的妻子安顿托付好，我就满足了。"那贼人说："行。"郑女又指着带来的两个婢女说："你既然以偷为名，就不该有这些婢女。为你打算，不如把她们送回我家。"那贼人因她的美貌，一切都顺从，就亲自划桨，送两个婢女走。之后郑女跳江而死。

唐朝的女人也有宽广的胸怀。北宋孙光宪的《北梦琐言》记载，唐朝尚书张褐任晋州郡守时，在外面养了一名随营妓女。这位女子为他生了一个儿子。因为妻子苏氏是个妒妇，他就没敢把这个儿子领回家，而是送给住在江津的好友张处士当儿子。张褐时常打听儿子的情况，并且资助他们钱财。孩子长大后，张处士教他读书。有人告诉他，你不是张处士的儿子，你的亲生父亲在朝廷做大官。他便偷取了父亲写给张处士的秘信，不辞而别，跑到了京城。这时张褐已经去世。他找到张府，谁也不认识他。他只说自己是在江淮长大的少爷，他的兄弟们听了非常惊愕。苏夫人一听，流着泪对儿子们说："你们的父亲确实有这么个儿子，我是知道的。都怪我年轻时不懂情理，使他们父子永生分离，这都是我的罪过啊！"苏夫人命人把他领进屋里，与各位兄弟按照年龄大小排了行。

唐朝的女人在金钱面前能保持尊严，非见钱眼开。她们育子以严、以礼，教育他们不爱外财、勤于读书、忠于朝廷。

《唐语林》记载，尚书李景让少孤，母亲郑氏严厉公正。因家里不富裕，郑氏在孩子年幼时亲自教育他们。她家的宅子后面有段古墙被雨水冲塌，古墙下被水冲出许多钱，足可装满一船，家中的奴仆非常高兴，跑去报告郑氏。郑氏来到冲出钱的地方，设案焚香，祷告说："我听说不劳而获是自身的灾难。上天因为我死去的丈夫积攒的恩德，怜惜我家穷而赐给我们这些钱，希望帮助我的孩子学有所成，但这些钱我不能拿。"命令家人将钱掩埋并在上面重新筑墙。

郑氏教育儿子不贪财、勤奋学习，结果三个儿子都进士及第，其中李景让性格刚正，作为尚书，他在朝廷上进谏直言不讳。郑氏要求诸子必以礼，她的儿子即使已成达官显贵，但言语、行为稍有不合礼仪的地方，她就要杖笞。李景让出任浙西节度使，郑氏问："你什么时候去上任？"李景让没有认真思考就回答说近日。郑氏很不满意，立即命令仆人脱掉李景让的衣服，杖笞其于堂下。李景让任职期间，左押衙因为应对有误被杖毙，军中对此不满。郑氏坐于庭中，呵斥李景让站在庭下。她说："天子把方镇交给你，你怎么能轻易使用刑法？如果人心不得安宁，则有负天子，这让我有何脸面去见你的先人呢？"在场的人听了都很感动。郑氏命人杖笞李景让，旁人哭泣着叩拜，祈求不要杖笞李景让，叩拜了好久，郑氏才答应他们。

李景庄多次参加科举考试都没有考中，郑氏认为责任在哥哥李景让身上。李景庄每次落第，郑氏都要杖笞李景让。人们都劝李景让在考官那里通融一下，让他弟弟李景庄考上。李景让却说："朝廷取士，自有公论，我怎么敢仿效别人为自己的弟弟疏通关系呢？"李景让这种刚正的品格，是慈母以严厉公正的方式训诫而成的。

唐人李浚在《松窗杂录》中记载，狄仁杰有个堂姨姓卢，住在午桥南面的庄园里。堂姨有个独生儿子，没来过都城的亲戚家。狄仁杰任宰相时，办事勤勤恳恳，直到年末才能休息几天。趁休假，他来到庄园看望卢姨，正好表弟挟着弓箭，拎着山雉野兔从外面回来。一进家门，他向狄仁杰随便打了一声招呼，就侍候母亲吃饭，并不把这位当朝宰相放在心上。狄仁杰便对堂姨说："我是朝廷宰相，表弟喜欢干什么，我一定尽力让他满意。"堂姨说："宰相的权势当然显贵，但我只有这么一个独生子，我不想让他去侍候女皇。"

唐朝的女人常常会用她们特有的睿智与通达辅佐男人。

唐人张固的《幽闲鼓吹》记载，侍郎潘炎得到唐德宗的恩宠，任翰林学士。他的妻子是朝廷重臣刘晏的女儿。一位官员有事要见潘炎，一连几天未能见到，便给守门人赠送了三百匹细绢，希望尽快见到潘炎。潘夫人知道此事后，对潘炎说："哪有身为大臣的，连京尹想见你都要送守门人三百匹细绢的道理！官场太可怕了！身居高位也太危险了！"于是劝丈夫辞去官位。

儿子潘孟阳被任命为户部侍郎，潘夫人非常担忧，她对儿子说："你是凭着才能当上侍郎的，但我害怕会有灾祸临头！"户部衙门再三催促潘孟阳上任，潘夫人便说："不行，不能马上上任。你先把你的同辈请来聚一下，我要观察观察。"儿子便请来了几位交情深厚的同僚。客人来到后，潘夫人垂下帘子在一旁仔细观察了一番。聚会结束，潘夫人高兴地对儿子说："他们和你是一类人，不用担心了。"夫人问及坐在末位的那位少年是谁，潘孟阳答道："那是补阙杜黄裳。"潘夫人说："这个人将来一定会成为有名的卿相。"杜黄裳在宪宗朝极力主战，坚持削藩；举荐高崇文为将，讨平西川节度使刘辟；后以使相出镇，担任检校司空、同平章事、河中节度使，被册封为邠国公，最终成为唐朝名相。

《朝野佥载》记载，监察御史李畲的母亲为人正派。一次，李畲发放俸禄，禄米由差役送到家里，李母令人按照标准过数，结果多出三石。询问多出来的原因时，差役说："御史的禄米出库时一向不将高出斗口的部分刮去。"李母又问应付多少车脚钱，差役说："给御史家送禄米一向不收车脚钱。"李母听后十分生气，命令差役送还多出的禄米与应付的车脚钱，以此表示对李畲的责备。李畲得知后便追问仓库官员，并且治了他的罪。各位御史见此情景，都很羞愧。他们享受惯了这种多吃多占的特殊待遇，他们的品德还不如这位老妇人高尚。

赵璘的《因话录》记载，唐肃宗在宫中聚会宴乐，让歌女们化装扮演剧中的角色。剧中有个身穿绿衣、手持简板的参军角色，唐肃宗就让一个女子扮演。这个女子就是天宝末年被判刑的番将阿布思的妻子。她擅长歌舞，被分在歌伎队伍里。这次宴乐演戏时，肃宗让她扮演参军的角色。她扮演得很出色，众人看了很高兴，公主却低头不语。肃宗问女儿为何低头不语，公主就劝诫肃宗："皇宫里那么多歌伎，为什么偏要这个人扮演？阿布思如果真的叛逆，他的妻子也应是受刑的人，不宜靠近皇上。如果他是被冤枉的，又怎能忍心让他的妻子与歌伎们混在一起，充当取乐的工具呢？我虽然愚昧，但深感此事不合情理。"肃宗听了，也动了恻隐之心，便赦免了阿布思的妻子，并因此敬重公主的贤惠。

唐代无名氏编撰的《玉泉子》记载，杜羔屡次参加科举考试却没有及第，打算放弃科考回家。妻子便写了一首诗寄给他，激励他重返考场。《夫下第》写道：

> 良人的的有奇才，何事年年被放回。
> 如今妾面羞君面，君若来时近夜来。

杜羔看了此诗，决定继续参加科考。杜羔最后考中进士，与他妻子写给他的这首诗有很大的关系。

唐人尉迟枢的《南楚新闻》记载，关图有个妹妹很有文才，她的文章和书信情文并茂、生动感人。关图常常跟同事们说："我家有个进士，可惜不爱梳理。"后来关图客居江陵。那里有个姓常的盐贩子，他的儿子名常修，为人儒雅，且略通文墨，关图就把自己的妹妹嫁给了他。关图的妹妹嫁过去后，与常修一起读书，刻苦修习二十余年。常修通过刻苦的学习，才学十分渊博，远远超过同辈人，于咸通六年（865）科举及第。和他一同参加科考的江东举子罗隐落第。罗隐返回故乡，临别诗赠常修："六载辛勤九陌中，却寻归路五湖东。名惭桂苑一枝绿，鲙忆松江两箸红。浮世到头须适性，男儿何必尽成功。唯惭鲍叔深知我，他日蒲帆百尺风。"诗中流露出对常修才华的佩服。常修的名望如此之高，与妻子关氏的帮助和影响大有关系。后来常修去世，关氏亲自写了一篇祭文，此文被当时的文人竞相传抄。

说到唐朝的才女，不能不说牛应贞，她是牛肃的女儿。牛肃撰写了唐代第一部小说集《纪闻》。书中写道他的女儿牛应贞。牛应贞只活了短短二十四年，但她少年聪颖，十三岁时能诵佛经两百余卷、经史子集数百卷，曾在梦中诵《左传》而一字不漏，常在熟睡中与人谈论，数夜不停。牛肃把他女儿写得神乎其神，颇有传奇色彩。她的事迹又被宋朝才女宋若昭记载下来，这就是《牛应贞传》。

孙光宪的《北梦琐言》记载了这样一位女子。她是一个婢女，讥笑了一位达官。这位达官就是大名鼎鼎的西川大将军盖巨源。原来这个婢女是刑部尚书柳仲郢的婢女，后被西川大将军盖巨源买来。这个婢女心灵手巧，长得漂亮，盖巨源非常喜欢她。一天，盖巨源看见街上有一个卖绫罗绸缎的小贩，就让人把他喊进府里，准备买一些。可是盖巨源太挑剔了，他把所有布匹都摊开，东摸摸，西摸摸，一会儿说太薄了，一会儿又说太厚了，挑剔得没完没了。那个婢女正好在旁侍候。她突然大叫一声，倒在地上不省人事。盖巨源便命人把婢女抬走。第二天，那个婢女好了，什么事都没有。人们就问婢女是怎么一回事。婢女回答："我虽然出身卑贱，但我服侍过尚书，见过高雅的品格。我宁可死，也不愿给对着便宜绫罗挑来挑去的吝啬鬼当婢女！如果我不倒地装病，他又怎肯辞退我呢？"

可见唐朝有一个相对开放、自由的社会环境，婢女都可以挑选主人。

婚姻制度

　　《唐律疏议》对唐朝的婚姻制度作了明确规定。唐朝虽然给青年男女一定的婚姻自由，但"父母之命，媒妁之言"不能违背，谁敢私订终身，按律要"杖一百"。女方一旦接受了男方的婚书、聘礼，就不能反悔。如果女方反悔，要"杖六十"。但男方可以反悔，且不犯法。不平等的男女观在法律条文中体现得很明显。唐律又规定同姓不能成婚，一旦违犯，男女双方都要"徒二年"，即接受两年的劳役刑罚。不同姓但有血缘关系的尊卑间也不得成婚，违者"以奸论"。不得与逃亡女子成婚，监临官不得纳监临之女为妾，良贱之间不得成婚，违者均处以刑罚。

　　唐律规定，如果子女在外自行成亲，尊长在之后为其订下婚约，法律不保护尊长之命，而保护自行成亲的子女。这就为青年男女自由选择对象打开了一扇窗户。唐律还规定，主婚者不能逼迫子女成婚。主婚者订下的婚约，子女若不顺从，仍可自由成婚，不以罪论处。若男方在十八岁以下，女子也未婚，主婚者逼其成婚，主婚者要独自承担相应的法律责任。

唐律对解除婚姻关系也有明确规定，即以"七出""三不去"和"义绝"为婚姻解除的要件。"七出"为不顺父母、无子、淫、妒、恶疾、多言、盗窃。妻子若有其中之一，男方就可与其解除婚姻关系。但妻子如果有下列三项之一，丈夫就不能休妻，即"三不去"：曾为舅姑服丧三年者不得去；娶时贫贱后来富贵者不得去；如今无家可归者不得去。妻子满足"三不去"中任何一项，虽犯"七出"，丈夫也不能提出离婚。这叫促裁离婚。当然也可协议离婚，男女双方自愿离婚，名为"和离"。和离不犯法，但如果犯了"义绝"，就要强制离婚。"义绝"指夫妻情义已绝，包括丈夫辱骂、殴打妻子家兄弟姊妹以上的亲人；妻子辱骂、殴打丈夫家兄弟姊妹以上的亲人以及五服以内的亲人；妻子通奸或欲加害丈夫。这些行为均构成"义绝"要件。犯"义绝"者，必须强制离婚，"违者，徒一年"。

牛肃的《纪闻》记载，殿中侍郎李逢年很有才干，他的妻子是御史中丞郑昉的女儿，因为感情、性格不合，被他休弃。离婚后，李逢年过着单身生活。一次，他来到成都，对益州府户曹李眈说："我现在过着孤单的日子，很艰难。儿女们都已长大自立，我打算再婚。希望你能给我介绍一个。署中同僚的女儿或者妹妹，纵然是离婚再嫁的，也可以考虑。"李眈答应为他物色一个。李眈性格马虎，过了一段时间对李逢年说："兵曹李札是蜀中的名门望族。李札有一个妹妹，长得非常美貌，曾嫁给元氏为妻，丈夫刚刚死去。她的嫁妆也丰厚，单是陪嫁的丫鬟就有二十人。你愿意娶此女为妻吗？"李逢年高兴地答应了。李眈就将李逢年的意思转告给李札，李札得到这一消息后很高兴。第二天，李札请李逢年去他家小住几日。李逢年高兴得不得了，天没亮就穿好衣服，在庭院中踱步，自言自语道："李札的妹妹，门第高，又年轻貌美，是富贵家庭的女子……"李逢年反复念叨着，突然惊醒，难受地说："李昢犯大错了，我们都姓李啊！"于是，李逢年立即骑马来到公堂。李昢问："老兄今天就娶李札的妹妹吗？"李逢年低头不语。李昢问："怎么，出什么差错了吗？"李逢年抬起头说："我在想，李札的妹妹为什么跟我一个姓呢？"李昢听后方惊悟，立即离开公堂，寻见李札说："我犯了一个大错。我只想着为令妹找个好女婿，没想到李侍郎跟令妹同姓啊！"李札听后也大为吃惊，连连表示惋惜、遗憾。

刘肃的《大唐新语》记载，郑远把女儿嫁给宰相魏元忠的儿子。魏元忠是武则天看重的大臣，郑远成了魏元忠的亲家后，武则天便任命他为河内县令，郑远的儿子也被授以洛州参军。神龙三年（707）七月，唐中宗的儿子因为自己皇太子的地位岌岌可危，就发动了宫廷政变，结果死于乱军之中。魏元忠的儿子也被牵扯进这场政治斗争，死于非命。受儿子牵连，魏元忠被关进了监狱。郑远立马变脸，让魏元忠写了一份离婚书，解除了他女儿与魏元忠儿子的婚姻关系。他拿到离婚书的第二天，就让女儿改嫁了。这件事惹怒了侍御史麻察，麻察连夜起草了一份弹劾书。弹劾书中说："郑远当年极力钻营，将女儿嫁给宰相魏元忠的儿子。先朝因为魏元忠的关系，才给了郑氏父子一官半职。魏元忠一入狱，郑家就变了脸，逼着魏元忠写下离婚书，第二天就让女儿改嫁了。由此看来，出自高门大户的郑氏父子都是庸俗无耻之人。郑氏父子的品德如此卑劣，简直是官员队伍中的败类。请求陛下将他们清出官员队伍，并让他们终身不再做官。"中宗当即准奏，郑远父子彻底断绝了仕途。

唐律规定"良贱之间不得为婚"，就是说婚姻双方要门当户对。但一些官员为子女择偶突破这一规定，尤其是女方家长选择女婿时，不看重钱财和官职，而看重人品。《明皇杂录》记载，润州刺史韦诜出身于世家豪族，他挑选女婿，排除了门第显要但品行不端的人。有一年过年，他和妻子、儿女登上城楼观赏风景，看见远处有几个人在掩埋东西，便叫一个差人去看看。差人回来说："那个地方是参军裴宽的住宅。"韦诜把裴宽找来，问裴宽在干什么。裴宽说："我经常告诫自己，不能接受贿赂而败坏家风。今天有人送来一只鹿，放下以后就走了。我不能自己欺骗自己，就和仆人将它埋在后面的园圃里，没想到让刺史看到了。"韦诜便对裴宽说："我有个女儿，想许配给你。"裴宽立即拜谢。韦诜回去对妻子说："总想挑选一个好女婿，今天果然找到了。"妻子问是谁，韦诜告诉妻子就是今天在城楼上看到埋东西的那个人。第二天韦诜又把裴宽找来，全家人在门帘后面观察。裴宽穿着八品以下官员的服装，又瘦又高，进门后，全家人一齐大笑，称裴宽是鹳雀。韦诜的妻子却哭了。裴宽走后，韦诜对妻子说："爱护女儿，就应该让她做德才兼备人的妻子，难道要找一个漂亮的奴才吗？"韦诜将女儿嫁给了裴宽。

唐朝的婚姻制度在讲究门当户对的同时，又限制一些名门望族通婚。唐德宗曾明令禁止清河崔氏、荥阳郑氏、太原王氏、范阳卢氏、博陵崔氏、陇西李氏、赵郡李氏七个家族、五大姓氏通婚。但是士大夫家族可以与这七大家族、五大姓氏结亲，未能与之结亲，就会成为士大夫们的终身憾事。比如，宰相薛元超晚年自述其平生有三大憾事：一是未能参加科举以进士及第，二是未能娶山东五姓的女子为妻，三是未能参与编修国史。

《唐语林》记载，唐文宗李昂在位时，想为太子指婚宰相郑覃家的孙女。结果郑家推辞说自己孙女已经许配给崔氏，连良辰吉日都定了。唐文宗感慨万千地说："我家难道配不上你们崔氏、卢氏、郑氏吗？"唐朝李姓皇帝虽然也自称是陇西李氏的后裔，但他们曾和鲜卑人通婚，陇西李氏本宗不承认。

唐朝皇帝的女儿也愁嫁。李世民想把女儿嫁给尉迟敬德，尉迟敬德却说："我的妻子虽然出身卑微，家境不好，但她陪伴我很多年，我们感情很好，一起出生入死。公主身份高贵，我恐怕无福享受此等恩宠。"尉迟敬德婉言谢绝了皇帝的好意。